死の森の魔女は愛を知らない 3

浅名ゆうな

富士見L文庫

CONTENTS

The witch of the forest of the death
does not know the love.
Yuuna Asana

第一話　善き魔女と眠り姫の悪夢

最近のリコリスは、季節の移ろいを風のように感じている。

九月の半ば過ぎにやって来るメイボンの祝祭は、実りを与えてくれたことに感謝を捧《ささ》げる日。暑い夏を惜しみながら薬草摘みを行ったあと、いつもの面々で飲み明かした。

魔女にとって一年の終わりであるサヴィンは、異界の住人が現世にやって来る日。火にはよい霊だけを招き入れ悪い霊を退ける効力があるため、火を焚《た》くことで先祖の霊は癒《い》やされ、家族に祝福を与えて死者の国へと還《かえ》っていくのだ。もちろんその日もゼルクトラとノアと夜通し騒いだ。

メイボンもサヴィンも、楽しい時間がすぎるのはなぜこんなにも早いのだろう。

そう感じるのは、ゼルクトラが遊びに来るようになったからかもしれない。

あっという間に秋が深まり、十一月の上旬。

『死の森』の木々も鮮やかに色付き、まるで森全体が燃えているようだった。冷たい風も気にならないくらい美しい眺め。

「秋ねぇ……」

寒さを和らげるグリューワインを一口飲んで、リコリスはまったりと呟《つぶや》く。

グリューワインとは、ウェントラース国では馴染《なじ》みの深い冬の風物詩のこと。シナモンやクローヴなどの香辛料とオレンジスライスを入れた温かい赤ワインは、沸騰《ふっとう》しないよう煮るだけなのでリコリスにも簡単に作れる。

今はゼルクトラを迎えに行っているノアが不在なので、一緒に紅葉を楽しんでいるのは小さい姿になったドラゴンのベリルだ。

「秋っていいわよねぇ……甘い芋に栗も林檎《りんご》も採れるし、幸せな季節よね……」

『基本的にリコリスは、食物のことしか考えていないのだな』

「あと酒のことね」

『否定せぬのか……』

すっかり仲良くなったベリルも、今や飲み仲間だ。食事はしないけれど酒の席の賑《にぎ》やかな雰囲気が好きらしく、酒精の高いブランデーをちびちびとやっては時折くだらない会話に交ざっている。

「あんただって結構いける口じゃない」

『ブランデーやジンは植物を主原料としている。我は、植物が備えた精気を摂取しているだけにすぎぬ』

「とかいって、ワインやエールには見向きもしないわよね。喉《のど》が焼けそうなくらい強い酒が好みなんでしょ。特にジンなんて一応薬用酒とされてるんだから、嗜《たしな》むのはよっぽどの酒好きだけだと思うわ」

リコリスは、からかい混じりに彼の頬を突《つ》いた。温度は感じないが、すべすべの鱗《うろこ》の感触が癖になりそうだ。

「まぁ、ノアの作ってくれたジンは本当においしいわよね」

基本となる蒸留酒に、ハーブなどで香味付けをしたものがジンだ。レモンの果皮やコリアンダー、カルダモンなど風味付けに使用されるものは様々あるが、何と言ってもジュニパーベリーは欠かせない。これはネズの木の果実で、毎年ノアがどこからともなく収穫してきては蒸留酒に漬け込んでいた。

使い魔が頑なにジンの材料とせずにいる、住居の程近くに生えたネズの木を見遣《みや》る。ねじくれた太い幹と、常緑の針状の葉。辺り一帯の樹木が紅葉する中で異様な存在感を主張しているけれど、リコリスにとっても生まれた時から側にある大切な木だ。

ベリルが隣でそっと呟いた。

『……そなたにとって、あの木は特別であろうな』

やはり、長い時を生きたドラゴンには分かるのだろう。妖精《ようせい》女王がかけた惑わしの魔法の繋《つな》ぎ目が、あのネズの木だった。魔力を糧に生きているという彼のエメラルドの眼には森全体を覆う力の流れも見えるのかもしれない。

「ベリルが棲《す》むようになってから、森の魔力が濃くなった気がするわ。棲みやすくなったって、ますます妖精が集まるかもしれないわね」

『ここまで広い森ならば、いくら増えようと問題なかろう』

ベリルの台詞《せりふ》に、リコリスは目を瞬《また》かせた。

そうか。『死の森』が巨大化したのは五年前。二十年間眠りについていたベリルは、それが祖母と妖精女王の仕業だと知らないのだ。

事情を説明しかけたところで、リコリスの耳がかすかな羽音を捉《とら》えた。

再度ネズの木の方へ視線を向ければ、大きな白い翼を揺らしながら下りてくる、フクロウと人影がある。使い魔のノアと王兄ゼルクトラだ。

待ち人、ようやく来《きた》る。

「おかえりなさい、ノア。遣いを頼まれてくれてありがとう」

リコリスが駆け寄る間に、ノアはフクロウから少年の姿に変わっていた。幼子に似つかわしくない笑みを浮かべるさまは、まさしく魔性そのもの。

「当然のことをしたまでです。私を顎《あご》で使えるのは、主人であるリコリスだけですから」

「当然といいつつ、ずいぶんな嫌みじゃない……」

本心から当然と思っているなら、わざわざ主従関係を強調しない。

ノアは、突然用事を言いつけられて怒っているようだ。彼が任務を遂行している間、グリューワイン片手にベリルと紅葉を眺めていたリコリスのことも。

「ありがとうって言ってるじゃない……。ゼルクトラも、いきなり呼び付けて悪かったわね。寒いし早く中に入って。私が作ったグリューワインがあるから、少しは温まるわよ」

「私が作った方が格段においしいですけどね、グリューワイン。しかも新入りのベリルではなく私を遣いにするなんて……どうせ人間は、目新しいものにすぐ飛び付いて、飽きたら捨ててしまう……何と残酷な……」

使い魔は気がおさまらないのか、ぶつぶつ皮肉を言い募っている。

リコリスはそれを黙殺すると、笑顔で客人を招き入れた。

ウェントラース国は、『死の森』を挟んで君主制の西ウェントラース王国と民主制の東ウェントラース共和国とで国内が分断されている。

五年前に十二人の盟主達が独立国家として声明を出したことが発端で、これを独立闘争と呼んでいる。

元はウェントラース国のごく一部にすぎなかった『死の森』が、面積を広げたのもこの時だ。昨日までの隣家が森を隔てた遠くへ移動し、国内で争っている場合ではなくなり、内紛は未然に防がれた。これが、リコリスの祖母が伝説の魔女と呼ばれる所以《ゆえん》。

独立闘争の原因は未《いま》だに知られていない。

東ウェントラース共和国を共同統治する十二人の盟主達は、元々貴族だった者から、以前訪れたシワコアトル領の盟主のように、国内で知らぬ者がいないほど有名な大商人など出自も経歴もバラバラ。

けれど幼馴染《おさななじ》みで宿敵でもあるレナルド・トラトアニが調べたところによると、盟主達には一つだけ共通点があるらしい。それは、『イェールガ公国との和平に反対している』ということ。

そもそもイェールガ公国は、唯一神を信仰する者が集まってできた国だ。

教義が発祥した地とも言われ、それゆえ聖教会の本部もあるのだが、建国からの短い歴史の中でも聖地を巡る争いが絶えず、常に周辺国の脅威にさらされ続けた国でもあった。

現在のイェールガ公国というかたちで統治されてまだ日も浅く、その背後に大陸中の脅威である軍事国家ドルグント帝国が控えているのは有名な話だ。なぜならイェールガ公国の大公は、ドルグント帝国初代皇帝の実兄。聖地を手中に収めんがための采配《さいはい》であることは明白だった。

北に接する国が突如強大な後ろ盾を持つようになったのだから、ウェントラース国が警戒するのも無理からぬことだった。

両国間の隔たりが埋まることはなく、険悪な関係が十年以上にわたり続く。

それが、六年前に終結した冷戦なのだが、森に暮らすリコリスが知らなかっただけで、帝国と繋がりを持つイェールガ公国からの経済的な圧力は相当なものだったと聞く。何とか和解に持ち込んだものの、その際かなり厳しい条件で和平条約が結ばれたらしく、実際はほとんど敗戦に近いと言われているのだとか。

とはいえ、国内が分断されている状態のウェントラース国に過剰な圧力をかけてこない辺り、イェールガ公国はかなり配慮を見せている。

にもかかわらず盟主達は揃って和平に反対しているのだから、冷戦終結直後に独立闘争がはじまったことと併せて考えても、その原因に公国がかかわっている可能性は高い。

祖母と会ったことがあるかような口振りだったウェントラース王国の王太后、そして今は亡き先王陛下も。

リコリスは、祖母がいなくなった遠因でもある独立闘争の真実が知りたい。

今回珍しくゼルクトラを呼び出したのもそれが理由だった。

「――と、いうことで。ゼルクトラには、国王と秘密裏に引き合わせてほしいの」

現在の西ウェントラース王国の国王ディルストは、彼にとって異母弟にあたる。ゼルクトラ自身は先王とその実妹の間に生まれた禁忌の子で、彼ら家族の長年の不和についてはリコリスも聞き及んでいる。それでも繋ぎ役を頼めるのは、兄弟間にぎこちなさはあれど、悪感情がないことを知っているからだった。

「前から会いたいと思ってたんだけど、シワコアトル領に行ったり祝祭で忙しかったりでずいぶん予定がずれ込んだわ。でも、これ以上寒くなる前に行っておかないとね」

リコリスはグリューワインを飲み干し、肩をすくめた。

冬の飛行移動は辛《つら》い。身を切るような寒さに何時間も耐え続けるのは、緊急事態以外ではなるべく回避しておきたかった。

目の前の席に座るゼルクトラが何とも言えない表情をしているのは、頼みごとの内容よりむしろ『寒くなる前に』というリコリスの主張のせいだろう。

彼は今日も凍《い》てつく風にさらされながらここを訪ねてくれた。そして今以上寒くなっても、通い続ける予定なのだから。

ゼルクトラの中で渦巻く本音に気付いていながら、リコリスは笑顔で身を乗り出した。

「もしかして、ここは私の調薬技術の見せどころかしら。あんたがどうしてもって言うなら、防寒の道具を開発してあげても……」

「遠慮しておく。道具も不穏すぎるが、何より俺は実験台にされることが恐ろしいのだ」

言い終える前に断られてしまえば、さすがにこれ以上は売り込めなくなる。以前、唐辛子を練り込んだ飴《あめ》を騙《だま》し打ちで試食させたことがあり、すっかり懲りたらしい。

「人聞きが悪いわね。さらに改良したものを、今なら特別にタダで食べられるわよ」

「そういうことは、まず自分で試してから言ってくれ」

「試したわよ。だけど商品として売り出すなら、もっと被験者は必要でしょ？」

「被験者と言い切ったな。とにかく売り出すのだけは考え直してほしい。もしあれを国内に流通させれば、国への敵対行為とみなされるかもしれん」

必死に首を振るゼルクトラの形相があまりに切実で、リコリスは唇を尖《とが》らせた。どういった改良を施したのか聞きもしないで、失礼ではないか。

ゼルクトラに助け船を出したのは、キッチンにいたノアだった。

「リコリス。せっかくゼルクトラ様が来てくださったのですから、難しい話もいいですがお酒でも飲みませんか？」

空になったカップの代わりに置かれたのは、オレンジスライスの浮かんだ赤ワイン。見た目はグリューワインと変わらないが、ノアがああ言ったからには、こちらは酒気を飛ばしていないものだろう。

「えぇ、これから真面目な話をするって時に……」

「今さらあなたが常識人ぶっても気味が悪いだけですよ」

「さらっと主人を貶《けな》すなんて、あんたこそ使い魔としての常識を身につけた方がいいんじゃない？　もらうけど」

一応呼び出した側として配慮していたのに、色々台無しだ。

それでも、ワインだけでなくチーズや腸詰めも用意している辺り、主人のことを熟知している。しかもリコリスの前にはカボチャのグラタン、ゼルクトラには栗のケーキを置いていく心憎さだ。誰しも秋の味覚には逆らえまい。

視線を交わすと、二人は無言でグラスを合わせた。次いで、ジンの入ったグラスを器用に抱えるベリルとも。

「そもそも俺は、リコリスに一度も会いたいと言われたことがないのだが」

「何言ってるの、そんなの頻繁に会ってるからでしょ？　もう酔っ払ってるの？」

「ディルストばかりずるいではないか。俺も言われてみたい」

「少なくとも、本人を前にして『会いたい』なんて言う日は永遠に来ないわね」

つまりゼルクトラは、望む言葉を永遠に聞くことはないだろう。

口をもぐもぐと動かしながら、リコリスは顔を上げた。

ほっくりとしたカボチャ、バターとグリュイエールチーズの濃厚なうまみに集中していて気付かなかったけれど、ゼルクトラは思いの外真面目な顔をしている。

どれほど頓珍漢《とんちんかん》な発言でも真顔で言ってのけるのが、彼という人間だ。複雑な境遇のために感情が未発達で、かえって難解。

それでも、最近は表情が豊かになってきたからこそ、分かる。リコリス達の付き合いが長くなったというのもあるだろうが。

リコリスはフォークを置くと、ゼルクトラの青灰色の瞳《ひとみ》を真っ直ぐに見つめた。

「会いたいって言っても、イェールが公国との国としての関わりを聞きたいだけよ。前から不思議に思ってたんだけど、何でディルストやレナルドを引き合いに出すの？　比べるようなことじゃないって、あんたが言ってくれたのに」

伝説の魔女の背中を追い続け、祖母の真似までしていたリコリスを、認めてくれる人がいる。ゼルクトラの存在にどれほど安心したかしれない。

——本当に、私達ってよく似てる。

彼は、劣等感を抱いているのだろう。誰より優先されていないと、居場所が奪われそうで不安なのだ。彼自身より雄弁な眼差《まなざ》しは子どものように頼りない。

リコリスは顔いっぱいに笑った。

「私にとっても、ゼルクトラはゼルクトラよ」

引き籠《こ》もり同士、助け合っていけばいい。

そんな気持ちで放った言葉は思いがけなかったようで、ゼルクトラは目を丸くしてから焦ったように目を逸《そ》らした。

「……俺が、どのような人間でも？」

「酒ばっかりの私のことを、あんたが見放さないならね」

「それは、なかなかに究極の選択だな……」

「何でよ。一緒に行けるところまで行きましょうよ」

ふざけたやり取りに、彼の肩から力が抜けていく。ゼルクトラは思わずといったふうに頬を緩めた。

「確かに俺も、少し気になっていたことがある。リコリスがディルストと話している間、ノア殿を借りてもいいだろうか？」

そう返され、自分から切り出した本題をようやく思い出す。

リコリスには、西ウェントラース王城に招聘《しょうへい》されたものの依頼を断り、居並ぶ騎士達をなぎ倒し、王太后をロバに変えた前科がある。さすがに堂々とは乗り込みづらかったので、王兄である彼の協力を得られて助かった。

「ありがとう。断られたら正面突破しかないと思ってたの」

「むしろ単独で、正面突破するつもりだったのか……」

眉間《みけん》を揉《も》み込みながらゼルクトラが落とす呟《つぶや》きに、人でないもの達がひそやかな笑いをこぼす。煩わしい話は忘れ、ここからは楽しい時間だ。

「じゃあ、秋の実りに乾杯といきましょうか！」

「この流れだと王宮への殴り込みを祝すことになってしまわないか？　乾杯」

『殴り込みと祝すという単語が著しく相反しているが、乾杯』

「というかゼルクトラ様は生家でしょうに、乾杯」

ノアもグラスを片手にテーブルにつき、本格的に宴《うたげ》がはじまる。

暖炉の火が、騒がしい空気に揺らいだ。

◇◆◇

王宮行きは、それから一週間と経たずに決行された。

大きくなったベリルに運んでもらえば王都まではひとっ飛びだ。全員が背中に乗れる分快適なのだが、褒めちぎるとノアが張り合おうとするので簡潔な感謝に留《とど》める。

「いつもありがとう、ベリル」

『なに、大したことはしていない』

「律儀に礼を述べる必要はありませんよ、リコリス。これだけ図体《ずうたい》が大きければ、私のような苦労など感じていないでしょうから」

ノアが嫌みで口を挟んでくるから、リコリスはつい半眼になった。気を遣っても結局張り合うのでどうしようもない。

小さくなったベリルに、なるべくじっとしているように頼む。動かずにいれば人形だろうと警戒されないはずだ。

早速、ゼルクトラが城を抜け出す際に使うという経路を案内してもらう。

使用人達が通る裏門は人の出入りが激しく、リコリスも難なく入り込むことができた。

人目を避け全員がフードで顔を隠していても、寒さで大半の者が同じような出《い》で立ちだ。兵士に咎《とが》められることもなかった。

「厨房《ちゅうぼう》が近いのね、食べものの搬入がひっきりなし……おいしい食材を見つけられそうな予感がするわ」

「何をしに来たのか忘れないでくださいね、我が主《あるじ》」

過去に招聘を受けた時は緋毛氈《ひもうせん》の敷かれた回廊に通されたが、使用人用の通路は格式も何もない。行き交う者達も城下にいるようにくつろいだ様子で、思い思いに話している。

国王がどこぞの令嬢に熱烈な求婚をしたらしいだとか、今日の昼食は何だとか。一緒に仕事をする相手が気に食わないだの、一日耳を澄ましているだけで城の情報通になれそうなほど話題に溢《あふ》れている。

昼食のサーモンのワイン蒸しも気になるけれど、中でも驚いたのはもちろんディルストの話題だった。

「ちょっと、聞いてないわよ。あんたの弟、結婚するの？」

リコリスはゼルクトラを振り返り、小声で詰問した。

もう二十歳を過ぎているから、未《いま》だに独身でいるディルストの方が珍しいことは分かっている。むしろ王侯貴族としては遅い方だ。

それなのに、あのぽっちゃりとした国王と、結婚という単語が結び付かない。

「いや、実はすごい奴だってことは知ってるわよ。だからこそ結婚を急《せ》かされるのも煩わしいと思ってそうだし、愛だの恋だの馬鹿にしてそうじゃない」

完璧《かんぺき》な偏見だが、彼ならいかにも政略結婚を選択しそうだ。

それなのに熱烈な求婚とは。

「ゼルクトラ、何で教えてくれなかったのよ？　まさか知らなかったとか？」

もしかしたら、異母弟と会話をする機会がなかったのかもしれない。

家族関係について訊《き》けば黙り込んでしまっていたゼルクトラのことだから、答えを求めての問いではなかった。けれど今回の彼は、これまでと異なる対応を見せた。

「本人に聞いたから知っている。というか、相手はリコリスも知る、あのソーニャという女性らしいぞ」

「………………はい⁉」

思わず漏れた驚きの声は我ながら大きく、リコリスは慌てて口を塞《ふさ》いだ。

ソーニャといえば、東ウェントラース共和国との間で縁談が持ち上がっていた女性だ。

最愛の夫を亡くした直後に王太后から圧力をかけられ、それでも決して頷《うなず》かなかった。

膠着《こうちゃく》状態を打開するためディルストに【忘れ薬】を作るよう依頼されたのが、リコリスが王宮の騒ぎに巻き込まれたきっかけだった。

その後国ぐるみでの陰謀が明かされたり、縁談相手が実はレナルドだったりと事態は思わぬ方向に動いたが、まさかその裏でディルストとソーニャの恋物語がはじまっていたとでもいうのか。

興味津々で目を輝かせるリコリスに、ゼルクトラは苦笑をこぼした。

「期待しているところ悪いが、リコリスが想像しているような理由ではないぞ。即位して三年、そろそろ世継ぎを儲《もう》けるべきだと周囲がうるさいらしくてな。そこで、決して自分になびかないと断言できるソーニャ・クルセーズに対し、熱烈な求婚をしたのだと」

フォンティーヌから亡夫のクルセーズに姓を戻したソーニャの話は貴族界隈《かいわい》では有名で、今や彼女の深い愛を疑う者の方が少ないという。

それを知りつつあえて求婚をした。縁談を持ちかけるのではなく、求婚を。

「あぁ……ソーニャじゃなく、うるさい周囲に訴えかけるための求婚ってわけね」

なるほど。情熱的に愛を請うたからには、周囲も政略的な返答を強制できない。見守るしかないという方向に無理やりことを運んだというわけか。その間に他の縁談を勧めようものなら無粋者の誹《そし》りは免れない。

久々に目の当たりにするディルストの策士ぶりに、リコリスは一気に好奇心がしぼむのを感じた。よく考えなくても、ソーニャは亡くなった夫一筋。歌劇のような恋物語がはじまるなんてあり得なかった。

「ソーニャの了承を得てるならいいけど、あそこの両親だけは不安材料ね。出戻った娘を嫁がせるために不屈の闘志を燃やしてるらしいから、また色々と口を出してきそう」

「その辺りは二人の問題だからと、ディルストが十分に牽制《けんせい》しているようだ」

人当たりのいい笑顔でソーニャの両親を手玉に取るディルストが目に浮かぶ。ソーニャ自身も得体の知れない縁談を押し付けられなくなり、案外助かっているかもしれない。

リコリスは隣を歩くゼルクトラの横顔を見上げた。

「……よかった。そんなことまで話せるようになったのね」

子どもの頃は仲がよかったと聞いているけれど、王太后や周囲の目もあり、表立って親しくすることは難しいと思っていた。

「情報の共有は重要だと考えるようになったのだ。私的なことも公的なことも」

「じょうほうのきょうゆう……」

これでは兄弟というより職場の同僚に近い。

微妙な顔でノアを振り返ると、彼は困ったように笑っていた。

「何にせよ、会話ができる関係になったのはいいことでしょう」

「あんたの中でゼルクトラは五歳児か何かなの？」

普段は辛口なくせに、やけに甘い採点だ。その優しさを少しでもリコリスに分けてくれればいいのに。特に飲酒中。

ゼルクトラはゼルクトラで、褒められた幼子のように若干得意げだった。

「俺は変わると決めたからな。一緒に、成長をするために」

「素晴らしい進歩ですよ、ゼルクトラ様」

「えぇ……何この茶番……」

茶番と言いつつ、少なからず疎外感を覚える。

本当に彼らはどこまで仲良くなっていくのか。

無意識にベリルを抱く腕に力を込めると、彼はこっそりと抱き締め返してくれた。お願いを律儀に守ってくれている。

「私の味方はあんただけよ」

「リコリス、傍《はた》から見ると人形に話しかける不審者ですからね」

使い魔の失礼な言い分に耳を貸さずにいたリコリスだが、ゼルクトラが足を止めるのに合わせて立ち止まった。

話している内に目的地に到着していたらしく、目の前には堅牢《けんろう》な扉がそびえている。以前通された謁見の間のような絢爛《けんらん》さはなく、いかにも実務的な様相だ。

ゼルクトラの呼びかけに応答があり、向こう側から扉を開けたのは見覚えのある顔だった。すっきりとした栗色の短髪に、鋭い漆黒の瞳《ひとみ》を持つ騎士。

「あら、騎士その一じゃない」

「ですから……その呼び方はやめてくださいと……」

非常に残念だが、リコリスは彼の名前を知らないのだ。

騎士の肩越し、苦しそうに笑い声をもらしている青年へと視線を送る。

亜麻色の髪に兄と同じく青灰色の瞳、相変わらず恰幅《かっぷく》のいい彼は、警戒心を抱かせない特有の笑みを浮かべていた。

「久々に、君の鉄壁の無表情を崩す強敵が現れたようだね……騎士その一？」

「そんな強敵は陛下だけで手いっぱいです……」

ディルストは腹を抱えながら、今日も腹心の部下をからかうのに余念がない。確か幼《おさな》馴染《なじ》みという話だったが、騎士の苦労がしのばれる関係性だ。

この食えない相手からイェールガ公国に関する情報を引き出すのは至難の業だろう。リコリスはしっかり気合いを入れ直すと、案内を待たずソファに座って腕を組んだ。

「あんたも久しぶりね、国王」

「会えて嬉《うれ》しいよ、魔女殿。私のことはディルストと呼んでくれ」

「そう。じゃあディルスト」

「躊躇《ためら》いがないね」

「結婚回避のため、女性側に迷惑をかけると知りながら盛大な茶番を演じる男に、敬意を払えって？　そんなもの舞台役者にでもくれてやるわよ」

まずはリコリスからの先制攻撃。

受けて立つディルストも応接用のソファに移動し、至極楽しげに笑みを深めた。

「魔女殿こそ、ずいぶん愛らしい趣味を持つようになったものだね。人形を連れ歩かないと、不安で居ても立ってもいられないのかな？」

リコリスは頬を引きつらせながら、既に空気と同化しているゼルクトラを睨《にら》み付けた。

ディルストのこの口振り、完全にベリルの正体を知っている。話すとしたら腹違いの兄以外に考えられず、情報の共有の結果なぜかリコリスが損をするという謎。世の中が理不尽なのかディルストの情報を搾取する能力が理不尽なのか。

「あんた、前回の借りを忘れたわけじゃないわよね？　政治的駆け引きに巻き込まれて、こっちはいい迷惑だったわよ」

「前回の借り？　母上をロバにされたことだったかい？」

「うぐっ」

答えに詰まるリコリスの前に、そっとティーカップが置かれる。同情的な眼差《まなざ》しで頷いてみせたのは騎士その一だった。

同じ苦労を分かち合えると思われたのだろうが、全く嬉しくない。

「はじめまして、あなたがベリルですね。人でないものに会うのは初めてです」

『……うむ』

ベリルは迷った末、言葉少なに応《こた》えた。

人形のふりに徹するあまりの無骨な態度にも嫌な顔一つせず、ディルストの瞳が今度はノアを捉《とら》える。

「そして、こちらが噂《うわさ》の使い魔殿かぁ。はじめまして、ディルスト・ウェントラースと申します。どうぞお手柔らかに」

使い魔に対してのみへりくだるとは、本当に彼は抜け目がない。

ノアもまんざらでもなさそうで、鷹揚《おうよう》に頷く。

「こちらこそ、いつも私達の都合で兄君を連れ回してしまい申し訳ございません。ご家族としてはさぞご不安なことでしょう」

「とんでもない。不自由な身の上である兄にとっては、実に素晴らしい経験でしょう。今後お世話になる際は、私の方から何かしらの食材を手土産に持たせますので、どうぞよろしくお願いいたします」

「まぁ……！　ありがたいですが、そのようなお気遣いは結構ですよ」

丁重に断っているものの、ノアの声音には明らかな喜色がある。この反応を見ればディルストでなくとも提案を実行するだろう。

国王が用意する食材となると期待度が高い。これに関してはリコリスにも得があるけれど、それよりも彼の人心掌握術が恐ろしすぎて素直に喜べなかった。使い魔から味方につけるとはさすがの手腕。

「これぞ圧倒的国王力……」

「何を言っているのだ、リコリス？」

不思議そうなゼルクトラに乾いた笑みを向けながら、リコリスは投げやりに考える。

もういっそ、策を練ったり上位に立とうと牽制したりするよりも、彼を見習って真っ直ぐ頼みごとをする方が話は早いのではないだろうか。

リコリスはため息を呑《の》み込んでディルストと向き直った。

「――ディルスト、ちょっと頼みがあるんだけど。イェールガ公国との冷戦に何か裏がないか、あんたの権力で探ってほしいの」

「いいよ」

「えっ……いいの？」

「ついでに言うとね、独立闘争に関してもいくつか不自然な点があるから、既に兄と一緒に調べはじめているところ」

「えぇっ!?」

　とんでもなく展開が早い。

　彼らが情報を共有したところでリコリスには損しかないと思ったばかりだが、速やかに撤回した方がよさそうだ。

　隣に座るゼルクトラを見上げれば、控えめな笑みが返された。彼がリコリスのために進言してくれたのだろうと分かるから、なおさら胸が熱くなる。

　初めて出会った時の彼は何ごとにも無関心で、感情が著しく欠落していた。自死のための【毒薬】を購《あがな》おうとするほど、生きることに絶望していた。

　ゼルクトラはきっと、少しずつ感情を拾い集めてきたのだろう。だからこそ、こうして他者を思いやることができるようになった。

　――本当に、すごい進歩なんだわ……。

　リコリスは込み上げそうになった涙を、嚙《か》み締めるようにして堪《こら》えた。

そうしてゆっくりと笑みを作る。

「ありがとう……。ゼルクトラも、ディルストも」

ゼルクトラは青灰色の瞳を柔らかく細めながら、何でもないように首を振った。

「言っただろう、リコリスの意思を尊重すると」

「あんた……笑っていいのか泣いていいのか分からなくなるから、それやめてくれる？」

夏頃からことあるごとに口にしていた『お前の意思を尊重する』は、もはや口癖にでもなってしまったのだろうか。リコリスはぐったりと脱力した。

二人のやり取りを眺めていたディルストも、おかしそうに首を振る。

「私としても利があるゆえの行動だから、礼には及ばないよ。ことは我が国にも影響するかもしれないから。とはいえ――『望みには対価を』。これがあなたの信条だったかな？」

彼の笑みがやけに胡散臭《うさんくさ》いものに変わり、リコリスはぎくりと体を強《こわ》ばらせた。使い魔の完璧《かんぺき》な笑みに、非常によく似ている。

ノアがこの笑みを浮かべるのは、大抵が小馬鹿にしてからかう時や、不都合な何かを誤魔化そうとする時。

そして――厄介ごとを押し付けてくる時。

ディルストが物憂げなため息をついた。

「実は……最近城下を騒がせる不可思議な事件が起こっていてね……」

「やっぱり……」

リコリスは虚《うつ》ろな目で宙空を仰いだ。

「数名の少女が、眠りについたまま起きなくなっているというんだ」

「へー、眠り姫みたいね」

「王都民は、奇病ではないかと騒いでいる。あるいは怪しげな呪いではないかと」

「ふーん」

「まだ被害が拡大していないからといって、放っておくわけにはいかないため調査に人員を割くしかない。そうすると、私は独立闘争やイェールガ公国の動向についての調査を、一時中断せざるを得なくてね……」

「そうなのー」

ディルストの、苦渋を帯びた眼差しが突き刺さる。

しばらくは無言で耐え抜いたが、そこにノアの白い目が加わった。やはり使い魔を味方につけた国王は侮れない。

重苦しく横たわる沈黙。

やがて耐えきれなくなったリコリスは、とうとう音を上げた。

「～っ、分かったわよ！　私達が調査して、事件を解決すればいいんでしょ！」

やけになって叫べば、ディルストはころりと笑顔に転じる。

「ありがとう、魔女殿。今日は疲れているだろうから、調査は明日《あした》からお願いするよ。今夜は我が城で十分に英気を養っていってくれ」

「こうなったからには面白おかしく過ごさせてもらうわよ。酒と食事はゼルクトラが生活してる宮に用意させてちょうだい」

言い捨てて立ち上がるリコリスを引き留めたのは、戸惑いを浮かべたゼルクトラだ。

「俺の宮？　リコリス、滞在先には貴賓用の部屋がいくらでも用意されている。俺の宮に来ても十分なもてなしは……」

「だからこそよ」

ゼルクトラが申し訳なさそうに言い淀《よど》むから、リコリスはあえて強めに額を弾《はじ》いた。

驚いて目を白黒させる彼に、にやりと意地の悪い笑みを作ってみせる。

「ある意味いい機会だと思って、せいぜいいびり倒してやろうじゃない。ディルストから被った精神的苦痛を、使用人達に思う存分ぶつけてやるわ」

不穏な言葉と共に高笑いをする姿は、まさしく恐ろしげな魔女といったところ。

足音高く去っていくリコリスの背中を止められず、ゼルクトラの手が空をかいた。

一体どうしたことか。使用人に八つ当たりをするなど、これまでのリコリスの言動からは考えられない所業だ。

動揺するゼルクトラの背後では、ノアとディルストが楽しげな笑みを交わしていた。

◇◆◇

翌日のリコリスはご機嫌だった。

眠りについている少女の家を教えてもらって訪問しようという道すがらも、鼻歌でも歌いはじめそうなほどだ。

少々早い時間に来たため、朝市をたたむ人と店舗の開店準備をする人とで王都はごった返している。街中が寒さも忘れるくらいの熱気に包まれていた。

唯一神の生誕祭が迫ると、大小様々な都市でマーケットが開かれるらしい。広場の中心にろうそくの灯《とも》された木製の飾りが置かれ、その周囲でホットワインなどが売られ、とても華やかな催しなのだという。

魔女で引き籠《こ》もりのリコリスには全く縁がなかったけれど、今よりもっと賑《にぎ》やかな雰囲気だろうと想像するだけでワクワクしてくる。唯一神を信仰するつもりはなくとも、一度は行ってみたいものだ。

人混みは苦手でもこの活気は好ましい。ゼルクトラも楽しめばいいのにと思うのだが、彼はずっと浮かない顔でリコリスを気にしていた。

「さっきから何なのよ？　私より、景色を見た方がずっと有意義だと思うけど」

見上げると、彼は難しい顔で唇を引き結んでいる。

「何というか……先ほどから、謝罪の機会を逸し続けている。不快な思いをしたはずなのに、リコリスは笑っているから」

「あぁ。まさかあんた、私が使用人達相手に本気で怒り狂ったとでも思ってるの？」

こちらの顔色を窺《うかが》うゼルクトラは叱られた大型犬のようで、リコリスは思わず噴き出してしまった。彼の落ち度と言えば、使用人を野放しにしたぐらいのものなのに。

本人が言い淀んでいただけあり、宮は散々な有り様だった。

最低限の掃除しかされていない部屋は寒さ対策が不十分で隙間風が吹き、床の石材もひび割れだらけ。使用していない場所など埃《ほこり》が積もって蜘蛛《くも》の巣まで張っていた。色褪《いろあ》せた絨毯《じゅうたん》、欠けた皿、曇った銀食器。極めつきは、寒村でもかくやという質素な食事。

早々に我慢の限界を迎えたリコリスは荒ぶった。

『この宮には無能しかいないようね！　ロバにでもなった方がまだ役に立つわ！』

王太后がロバに変えられた出来事を知らぬ者はいないようだが、使用人達は青ざめておろおろするばかり。

リコリスは舌打ちをすると、顎《あご》をしゃくってノアに指図した。普段ならば徹底して主《あるじ》を馬鹿にする使い魔も、この時ばかりは従順に動いた。

目立っていた壁の傷みは保温効果の高い毛織物で隠され、絨毯なども一新。ついでに椅子の脚も修繕され、室内は瞬く間に明るさを取り戻していた。そしてテーブルの上には、湯気の立つ温かな食事。目にも留まらぬ早業に使用人達は絶句していた。

『宮仕えといえば名誉のある職だと思っていたけど、この程度のこともできないのね』

あからさまに嘲笑《あざわら》うと、リコリスは使用人達をさっさと締め出してしまった。

その後一緒に食事をとる間、彼が居心地悪そうにしていたのは、自分の離宮内で問題が起こったためだったのか。

「馬鹿ね。あんなのは意図的な挑発じゃない」

ゼルクトラの住環境については、前々から気になっていたのだ。

王宮の隅、他人との接触がほとんどないまま育った。一週間不在だろうと誰にも気付かれない。――これまで彼との会話の中で、劣悪な環境が窺える表現はたびたび出てきた。

王太后に命を狙われ食事に毒を盛られたり、暗殺者を送り込まれたり。それだって、宮に仕える使用人達が警戒していれば、日常的に起こるなどあり得ないのだ。

だから、彼らの仕事ぶりを思いきり嘲《あざけ》った。最低限のこともできないのかといびった。

ゼルクトラの宮に滞在すると宣言した時点で、ディルストもこうなることを予期していたはずだ。国王が止めなかったから思う存分やらせてもらった。ノアも率先して協力してくれたので非常にやりやすかった。

「腹で何を思っていようと、主人の生活を完璧《かんぺき》に整えるのが使用人の職分。それを怠るなんて、私から言わせればただの給料泥棒よ」

「まぁ、思いきり八つ当たりをするといったわりには徹しきれない辺り、やはりあなたはお人好《ひとよ》しだと再認識しましたがね」

ノアに慈愛深い笑みを向けられ、リコリスは釈然としない気持ちで眉根《まゆね》を寄せた。いい気味だとほくそ笑んでいたのに台無しだ。

「どこからどう見ても、物語に出てくる悪い魔女だったでしょ」

「埃が溜《た》まっていると厳しく叱りつけた直後に『茶殻を撒《ま》けば効率がいい』と助言をし、ほうれん草の茹《ゆ》で汁はシミ抜きに活用できるとか、鍋《なべ》の黒ずみにはリンゴの皮だとか。悪い魔女というよりまさにお掃除魔女といった状態でしたよ。使用人のみな様も、最終的には『おばあちゃんの知恵袋だ』と尊敬するようになっておりましたし」

「誰がおばあちゃんよ、全部ノアからの受け売りなのに！」

知らなかった。さっさと部屋に籠もっていたので、そのあとの使用人達の反応など。

真っ赤になったリコリスは、ゼルクトラが無言でいることに気付いた。

どうせ必死に笑いを堪《こら》えているに違いないと睨《にら》み付けたが、すぐに驚きで立ち止まる。

ゼルクトラが、満面の笑みを浮かべていたからだ。

目を細めるだけの控えめな笑みは何度も見たことがある。けれど無邪気な子どものような、何の屈託もない笑顔に出会うのはとても珍しかった。

呆然《ぼうぜん》と立ち尽くすリコリスを青灰色の瞳《ひとみ》に映し、ゼルクトラは上気した頬のまま嬉《うれ》しそうにはにかんだ。

「リコリスの側はやけに居心地がいいと思っていたが……良好な住環境に一家言あるからだったとは、知らなかった」

結局馬鹿にされているのに、憎まれ口を返すことができない。全身が熱くてそれどころではなかった。

――これも、ゼルクトラがあんなふうに笑うせいだわ……。

からかわれているのに悪い気がしないのは、なぜだろうか。

視線を感じて我に返ると、腕の中で大人しくしていたベリルがリコリスをじっと見上げていた。俯《うつむ》いていれば、誰にも頬の赤さに気付かれずやり過ごせると思っていたのに。

さらに顔が熱くなったリコリスは、ベリルをゼルクトラに慌ただしく押し付けた。

「腕、疲れた、ちょっとお願い！」

「なぜカタコト？」

リコリスは使い魔の追撃も聞かなかったふりをして、早足で歩きだす。

わき目も振らずずんずんと進み、どのくらい経っただろう。いつの間にかノア達の追いすがる声が消えていた。

ようやく一人になったことを悟ったリコリスは、慌てて近くの路地に滑り込む。先ほどまでは胸を躍らせてすらいたのに、人混みに取り残されたようで急に心細くなってきた。

不安で早鐘を打つ心臓を押さえながら、目の前の往来に視線を凝らす。懸命に捜してみても見知った人影を見つけることができない。

――落ち着け……そう、冷静になるのよ。はぐれても目的地は同じなんだから、そこで落ち合えばいいの……。

まずは眠りについている少女の一人、靴職人のジェイクの三女ハンナを訪ね、容体を診ることになっていた。家は広場の教会の近くというから、通行人に訊《き》きながら向かえば迷わず着くことができるだろう。

見知らぬ他人に声をかける。引き籠もりには究極的な難易度だ。

リコリスは青ざめて唇を引き結んだ。心なし体が震える。

――いやいや、『声すら上げない人間を助けたりしない』って偉そうに啖呵《たんか》きってる私が助けをじっと待っているわけにはいかないでしょ。もしラナンキュラスに見られてたら、笑われるなんてもんじゃ済まないわ……。

リコリスを敵視する年下の魔女に放った言葉が、こうして自分に返って来ている。

勇気を出して声を上げるのは、こんなにも怖い。正直、誰かが手を差し伸べてくれるのを待っていたい。

それでもリコリスは、覚悟を決めた。

呼吸を整え、逃げ込んだ路地から一歩踏み出す。

「お嬢さん」

「ぎゃっっ……!!」

突然背後から声をかけられ、リコリスは飛び上がった。すんでのところで呑《の》み込んだものの、あのまま絶叫していれば危うく騎士が出張る騒ぎに発展したかもしれない。

またもや肩で息をしながら、キッと背後を睨み据える。

「……あんた、命拾いしたわね。いきなり死角から声をかけるなんて、自警団につき出されてもおかしくない所業よ……」

強引に的外れな非難をすると、見知らぬ老人は頬を引きつらせた。

老人といっても男性の腰は曲がっておらず、壮健な印象だ。見上げねばならないほど身長も高く、癖の強い白髪とはりを失った頬以外、彼から老いを感じるものはない。毛皮の付いた外套《がいとう》は上品な臙脂《えんじ》色で、身なりにも気を配っているのが分かった。

老人は、気を取り直すように笑顔を見せる。

「可愛らしいお嬢さん、王都は初めて？　連れとはぐれてしまったようだね？」

流れるように褒め言葉を垂れ流す人間を、信用してはいけない。

レナルドのおかげで身に沁《し》みて分かっているため、半眼になって後退する。

「私は魔女よ。あんたが人さらいなら、手出ししない方が身のためだからね」

リコリスは外套のフードを外し、自ら金色の目をさらした。気味悪がられることに慣れる日など来ないだろうが、今はやむを得まい。

拒絶されるかと思いきや、老人は目を瞬《しばたた》かせると、怯《ひる》むどころか前のめりになった。

灰色の瞳が好奇心で輝いている。

「これはこれは、可愛らしい魔女だ。秘薬なども扱っているのかい？」

「あんた……怖くないの？」

「私は珍しいものに目がないのだよ。秘薬も珍しいだろうが、それを作る魔女という存在そのものこそ、稀少《きしょう》なものの最たる例ではないか」

「私はものじゃないわ」

「あぁ、これは失礼」

老人が好意的なことは分かるのに、リコリスはさらに距離をとった。

彼がまとう独特の気配に、なぜか嫌悪感が湧く。

本能的な忌避感とでもいうのだろうか。肌の表面を侵食されるがごとく、何か黒いものににじり寄られているような錯覚をする。

レナルドと対峙《たいじ》している時も恐怖を呼び起こされるが、それは自身の中に原因がある。リコリスの傷付いた心のせいだ。

けれどこの老人にはなぜだろう、根源的な恐怖を感じる。

触れてはならない。近付いてはならない。

「急いでの。私に構わないで」

素っ気なく告げてから、リコリスは老人に背を向けて歩き出した。これ以上会話をするつもりはないと全身で拒絶する。

すると、老人の笑み混じりの声が追いかけてきた。

「──君は、あの伝説の魔女が生み出したという【追憶の香水】を知っている？」

「え……？」

聞き流せず振り向いた時、老人は薄暗い路地から忽然《こつぜん》と消えていた。

ぞっと寒気がして、リコリスは自分の腕をさする。おかしな雰囲気だと感じたのは、彼が人ならざるものだったからか。

「リコリス！」

名を呼ぶ声の方を見ると、ノア達が駆け付けたところだった。ゼルクトラはベリルを大事そうに抱えている。

「心配したぞ。一人で全く逆の方向に進んでいったから」

「ゼルクトラ様、リコリスに慎重さの重要性をもっと叩《たた》き込んでください」

いつも通りの彼らに、体中の緊張が解けていく。リコリスの方も固まっていた足を動かし、何とか合流した。

それでも老人の残した言葉が頭を占めており、使い魔に探るような眼差《まなざ》しを送る。

「ノア……【追憶の香水】って、何？」

【追憶の香水】なんてリコリスは聞いたこともないし、レシピも知らない。

けれどあの不気味な老人は、確かに伝説の魔女が生み出したものだと言っていた。伝説の魔女――それはリコリスの祖母エニシダだ。

ノアは途端に金色の瞳を剣呑《けんのん》に細め、静かに問いを発した。

「リコリス、その名を誰から聞きました？」

基本的に笑っていることの方が多い使い魔から一切の表情が失われ、リコリスは戸惑いながらも答える。

「し、知らないおじいさんからよ。何か、笑ってるのに怖い感じのする……その人が、お祖母《ばあ》ちゃんの作ったものだって言ってた」

老人の言葉が正しければ祖母はレシピを遺《のこ》しているはずだし、当然リコリスも【追憶の香水】とやらを把握しているはず。つまり、でたらめに決まっているのだ。

けれどノアのただならぬ様子から、そうではないと察するのは容易《たやす》い。

固唾《かたず》を呑むリコリスには、彼の唇の動きがやけにゆっくりに見えた。

「……【追憶の香水】は、確かにエニシダが完成させたものです。ですが、世には出回っていない。それは――使い方を誤れば自我を壊す凶器にもなり得るからだそうです」

「自我を壊す、凶器……」

ノアがそういうからには、毒物などよりよほど質が悪いのだろう。聞かなかったことにして忘れてしまった方がいい。

冷静な部分ではそう理解しているのに、知恵を求める性《さが》が疼《うず》いてつい考えてしまう。

エニシダなら、レシピを解く鍵《かぎ》をどこかに遺《のこ》しているのでは――。

ごくりと喉《のど》を鳴らすリコリスの肩に、大きな手が置かれた。

「今はとにかく、少女の家に向かわないか。事件を解決しなければならないのもあるが、何日も眠り続けているというのは……」

「ゼルクトラ……」

こちらを気遣わしげに覗《のぞ》く青灰色の瞳に、乱れた鼓動が落ち着いていくのが分かる。ゼルクトラの言葉が徐々に沁み込んでいき、今やるべきことを思い出す。

「そうね、容体が心配よね。ありがとう、ゼルクトラ」

飲まず食わずで眠り続けていたら、体は衰弱していく一方のはず。それを心配していたのに、自分のことにかまけて忘れてしまうところだった。

リコリスは息を整えると、気持ちを立て直す。

「行きましょう。目の前の命が優先よ」

「急ぎましょうか。リコリスがまるで違う方に行くから遠ざかってしまいましたし」

「うるさいわよ、ノア」

路地を抜ける時、リコリスは一度だけ背後を振り返った。

もしかしたらあの老人は、今回の奇病騒ぎと何らかの関わりがあるかもしれない。

たどり着いたのは素朴な民家だった。

魔女だと名乗ればいい顔をされないことは分かっているので、今回は万全の対策をとっている。なにせ国王の名前を使い放題なのだ。

「この通り、国王直々の依頼を受けたの。嫌かもしれないけど協力してもらうわ」

出迎えた女性は、いかにも胡散臭《うさんくさ》げにリコリス達一行を観察した。ハンナの母親だろう彼女の役割が家内を守ることだとしたら、警戒されて当然だ。

そこで取り出したのが、国王直筆の書状。しかも国璽《こくじ》のおまけ付き。

一般王都民が目にする機会など到底ないため、真偽のほどを疑われる可能性もあったが、仰々しい書状そのものに恐れをなした母親は渋々家に上げてくれた。

リコリスはこっそりとほくそ笑んだ。

「あの男の頼みで動いてるんだもの、煩雑なやり取りを簡略化するくらいは許されるでしょ。肩書きを利用しない手はないわ」

「……正規の方法で手に入れたのに、悪いことをしているように聞こえるぞ」

あくどい独り言に対し、ゼルクトラが控えめに指摘をする。リコリスはばつが悪くなったが、すぐにハンナが眠る寝室へと通された。

静まり返った部屋は、昼だというのに鎧戸《よろいど》を締めきっている。薄暗い中、小さなベッドが五つ並んでいるのが確認できた。

その一つだけが埋まっていることに、急速に違和感が込み上げる。一週間以上もこの状態では、家族も心配で落ち着かなかっただろう。

リコリスは母親に視線を向けた。

彼女は未《いま》だ、一行に怪しい動きがないかと目を光らせている。不審と判断したら国王命令だろうと即座に追い返すつもりらしい。それも、娘を思うゆえだ。

「『死の森』の魔女の名に懸けて、原因を突き止めてみせるわ。治療費は国王からふんだくる予定だから、タダで救ってもらえるあんたは運がいいわよ」

過剰なほど傲然《ごうぜん》と告げれば、母親はリコリスをじっと見つめる。金色の瞳《ひとみ》を真っ向から見つめ返す度胸に感心しつつも、自信満々な表情は動かさない。

母親がようやく視線を外した時、どうやら警戒も解いたようだ。信頼とまではいかなくとも頼る気になったらしい。

「娘を……どうぞよろしくお願いします」

一礼すると、母親は廊下を去っていった。

自信をちらつかせ引き受けたからには、リコリスも全力を尽くそう。表情を引き締めてハンナが眠るベッドに近付く。

まずはハンナの寝顔を覗き込む。まだ十二歳だという少女は、悪い夢でも見ているのか眉間《みけん》にシワを寄せていた。

「夢見が悪いところ恐縮だけど、失礼するわね」

リコリスは断りを入れてから触診を開始した。もちろん助手であるノア以外の男性陣には壁を眺めていてもらう。

「全くやつれていないわね。本当にただ眠ってるみたいだわ」

「一週間以上目を覚ましていないという話ですが、健康を損ねている様子もありません」

まさに童話の眠り姫のようだが、物語の通りに百年も眠り続けられては困る。

その後も呼吸音の確認など一通り診察をしたが、時折うなされている以外の支障は見当たらない。常識的に考えればあり得なかった。

常識に当てはまらないということは、明らかに魔物の類《たぐ》いが関わっている。一先《ひとま》ず王都民が噂《うわさ》をしているような奇病でないことは確定した。

「健康を害しているなら呪いという線も捨てきれないけど……ん？」

首筋にかかる髪を払って、リコリスは眉根《まゆね》を寄せた。

二つ並んだ、小さな赤い痣《あざ》。

リコリスの手元を覗き込んだノアも目を瞬かせ、互いに表情を窺《うかが》う。

「どうした？　何か異常があったのか？」

背中を向けたままのゼルクトラがもどかしげに問う。

いかにも怪しげな首筋の痣に、悪夢。

これらの特徴に該当するものに、リコリスは覚えがあった。対処法も知っている。

だが問題は、どうすればこれ以上の被害を防ぎ解決へと導くことができるかだ。

「またディルストの権力でお触れを……いや、それでも絶対ではないから、根本的な解決にはならないし……」

くつろげたハンナの夜着を整え、布団をしっかりかけ直してから、もう振り向いても大丈夫だとゼルクトラに許可を出す。

「原因は分かったのか？」

「おそらくね。結論は他の被害者の家も見て回ってからになるけど……うーん、捕り物をすることになるから、ディルストにも動いてもらう必要がありそうよ」

深々と頭を下げるハンナの母親を思い出し、リコリスはすっと立ち上がった。

彼ら家族のためにも、苦しんでいる少女達自身のためにもやるしかない。

◇◆◇

星も寝静まった深夜。

人っ子一人いない王都を、小さな黒い影が彷徨《さまよ》い歩いていた。

小さな影はうろうろと家屋に近付いては、何かを断念したかのように離れていく。何度も何度も、その繰り返し。

王都の端までたどり着いてしまうのではと危ぶむほど歩き回った影は、挫《くじ》けそうになったところで――奇跡のように目当てのものを発見する。

同じかたちの窓が幾つも並んだ、他の民家よりは大きな家屋。その二階の一番北側の部屋だけ、ほんの少しだけ鎧戸が開いていた。

疲れきってふらついていた影が、みるみる生気を取り戻して家屋に忍び寄る。そうして鎧戸の僅《わず》かな隙間から、見事侵入を果たした。

手狭な一室にはベッドしか置かれていない。

小さな影はベッドに近付き、小さな小さな手を伸ばす。

バチンッ

それを弾《はじ》いたのは首飾り——癒《い》やしや防御のルーン文字を組み合わせて刻んである、魔《ま》除《よ》けのアミュレットだ。

「今よ！」

ベッドの上で飛び起きた人間が鋭く指示を飛ばす。

部屋の隅で気配を消していた子どもが素早く動き、鎧戸をきっちりと閉じる。

アミュレットに弾かれ驚いていた小さな影は逃走を図ろうとしたが、今さら無駄な抵抗だった。戸締まりをされてしまえば逃げられない。

部屋の中をぐるぐると逃げ惑っていた影は、ようやく観念した。

◇　◆　◇

リコリスはベッドから降りると、床に座り込む小さな影を見下ろした。

「どんなに小さな隙間からでも侵入できるけど、扉や窓を塞《ふさ》いでしまえば逃げられない。本当にお祖母ちゃんから教わっていた通りなのね」

まずは捕り物が無事成功したことに、ホッと胸を撫《な》で下ろす。ここまでたどり着くのに大いに手間も人員もかかった。

被害者全員の診察を終え原因が何かを確信したリコリスは、すぐにディルストに協力をかけ合った。王都中に、『就寝時には扉も窓も完全に締め切ること』という通達を行き渡らせるためだ。

ディルストの号令によって騎士団が動いた。民家の戸を叩《たた》いて協力をお願いして回るという地味な作業だが、通達の内容を全員に守らせるためには騎士団の制服が最も効果的で手っ取り早いと国王が断言した。もちろん騎士その一も特別扱いなく駆り出されていた。

ディルストの命令に従い戸締まりに気を付けていれば、被害には遭わない。そこで解決ということにしてもよかったものの、呼びかけだけではいずれ気が緩む者が出てくるだろう。それでは被害を根絶したことにはならないとリコリスは考えた。

そこで思い付いたのが、この作戦とも呼べない場当たり的なもの。

囮《おとり》役のリコリスがいる部屋以外は戸締まりが徹底されていることも肝心なのだが、そもそもの原因が動かねば意味がなかった。

宿の一室を借りて囮を演じ続けること、実に三日。鎧戸を開け放して寒さに震えながら眠る毎日から、これでようやく解放される。

リコリスははなをすすりながら、小さな影に向け言い放つ。

「これ以上の勝手は許さないわよ——妖精《ようせい》アルプ」

正体を言い当てられることは、小さな妖精達にとって大きな意味を持つ。鉱山でリコリスに話しかけられ、応じざるを得なかったドワーフのように。

ゼルクトラが明かりを持ち込んだことで、項垂《うなだ》れていた影の実態が明らかになる。

アルプは、帽子をかぶった灰色の猫の姿をしていた。本物の猫に比べ手足が若干短く、そこにまた愛嬌《あいきょう》がある。

猫や鳥など様々な姿になるといわれているアルプは、寝ている間に家屋に侵入し悪夢を見せる。女性の精気を吸う性質もあり、唯一神の教えが広がってからは悪魔のような扱いをされることが多くなった。

けれど実際は、寝ている間に髪を滅茶苦茶《めちゃくちゃ》に乱すというちょっとした悪戯《いたずら》もするし、捕まえて二度と悪さをしないと約束させれば害のない妖精だ。わりと平和な相手だと判断したからこそ、ノアやゼルクトラの反対もなく囮作戦を決行できた。最低限の守りとして同じベッドにベリルも潜んでいたが。

「可愛いからちょっと良心が痛むけど……悪いわね」

リコリスはそう呟《つぶや》き、素早くアルプの帽子を奪った。

アルプがかぶっているのは、透明になれる帽子。これがないと透明になれないのだ。

『なっ……何するんだよう！』

愛らしい灰色猫がリコリスに駆け寄り、二本足でぴょんぴょんと跳ね回る。子どもに意地悪をしているようで居たたまれない。ゼルクトラとノアの視線にも非難が混じっているのは気のせいか。

元気に跳ね回っているかのように見えたアルプだが、突然力尽き座り込んだ。

『腹……腹が減ったよう……』

少女達を覚めない眠りに引き込んだ相手なのに、なぜか憎めない。それどころか完全にこちらの方が悪者のようではないか。

リコリスは悩んだ末、若干の歩み寄りを示した。

「う……何か困ってるのは分かったから、まずは取引に応じてちょうだい。眠り続けている少女達を解放して。そうしたらあんたの相談も聞くわ」

『そんな……そんなの、おいらに消滅しろって言うのと一緒だよ……』

アルプはついにさめざめと泣き出し、リコリスの方もいよいよ追い詰められた心地になる。使い魔達の視線がもはや凶器に近い。

「……そ、そうね。やっぱりあんたの事情から聴くことにしましょうか」

妖精との会話は慎重に、毅然《きぜん》とした態度で臨まなければ足をすくわれる。

祖母の教えを固く守っているリコリスからここまでの譲歩を引き出すとは、想像以上に厄介な妖精だ。潤んだ丸い目が、胸をわし摑《づか》んで離さない。

「私は『死の森』の魔女よ。決して悪いようにはしないから」

愛らしい灰色猫は小首を傾げ、上目遣いでリコリスを見上げた。

『本当に……？』

「ぐっ……かわ……」

直撃にリコリスが悶《もだ》える一方、多少落ち着きを取り戻したアルプはちょこんと座り直すと、涙を拭《ぬぐ》いながら語り出す。

『おいら、お腹が空《す》いてただけなんだ。小さい隙間さえあればどんなところでも入れるけど、最近はどの家もしっかり戸締まりをしてる』

寒さが厳しくなれば隙間風の侵入を防ぐ。人側としては当然の措置だが、アルプは精気を吸うことができなくなり困っていたらしい。

『いけないことって分かってたよ。だけど眠りの魔法をかけておけば、家に忍び込まなくても夢から繋《つな》がることができるんだ。本当に、女の子達からすれば迷惑だろうけど……』

眠りの魔法というが、おそらくは衰弱しないようにも配慮していた。そこは罪悪感の表れなのか、確保した食料を長持ちさせるためなのか分からないけれど、リコリスは詮索《せんさく》しないことにした。

可愛い姿から残酷な言葉を聞きたくない。とにかく、二度と同じことを繰り返さないよう約束させれば目的は達せられるのだから。

「ごはん……ごはん問題は深刻よね……」

『おいら、欲をかいて街になんか来なきゃよかった。ひもじくても、山の中でひっそり生きていけばよかったんだ』

つい同調して頷《うなず》いていたリコリスは、アルプの言葉に首を傾げた。

「あんた、山の生まれなのね」

『そうだよ。でも、人の精気の誘惑に抗《あらが》えなくて……』

「そういう反省の色の見えない釈明はいいから」

妖精は自然に宿る魔力から生じる。

このアルプの場合、自我に目覚めたのが山中だったのだろう。そうしてしばらく過ごしている内に、自然の中にある微量な魔力では満たされなくなってくる。飢餓感に気付いた途端アルプとしての本能が目覚め、人間の精気を求めるようになったというところか。

「つまり、豊富な魔力さえあれば解決じゃない」

リコリスはいつものように腕の中に収まったベリルに視線を落とした。

「ベリル、お願いできる？」

『承知した』

共に事情を聴いていたから、ベリルの応《いら》えは早い。

彼は体長を自在に操るように、その身から溢《あふ》れ出す魔力量も調節することができる。あまり長期にわたると骨が折れるらしいが、こうして街に下りている間くらいなら問題なく抑え込めるという。

妖精女王の守りがある『死の森』ならともかく、街中で魔力を垂れ流し続ければ何が起こるか想像もつかない。ベリルも納得した上で普段から魔力を調整しているのだ。

それを今、解放してもらう。

王都への影響を考え、慎重なドラゴンが鎖を外したのはほんの一瞬。すぐに魔力を統制下に戻せば、夜の静寂を喧噪《けんそう》に塗り替えてしまうほど暴力的な奔流はなりを潜める。

「ありがとう、助かったわ」

さてアルプの方はどうなったかと窺《うかが》えば、灰色猫は耳と尻尾《しっぽ》をぴんと立てながらベリルを凝視している。

先ほどまでは若干ふらついていたのに、今は活力がみなぎっているようだ。ドラゴンの魔力は想像以上に効果的だったらしい。

『すっ……すげぇ！　おいら、こんな上質な魔力に出会ったの初めてだ！　すげぇよ、あんた……いや、兄貴！　これからは兄貴と呼ばせてくれ！』

圧倒的強者の風格にしびれたらしいアルプが、よく分からないことを言い出した。

「兄貴って何なのよ……」

半眼になって呟くリコリスの隣に、いつの間にかノアとゼルクトラが立っていた。

「ベリルのまんざらでもない様子を見る限り、男同士の何かが共鳴したのではないか？」

「そもそも妖精に明確な性別はありませんがね」

懐の深いベリルは、早くもアルプを受け入れつつあるようだ。灰色の猫がまとわりついても、小さいドラゴンは鷹揚《おうよう》に構えている。

じゃれつく彼らを眺めていたら無性にもふもふしたくなったが、リコリスは疼《うず》く両手を押さえた。何だこの光景。可愛いの全集合か。

ベリルの丸みを帯びた前肢が、アルプの頭を撫でる。

『アルプよ。我は彼女の厚意で森に棲《す》まわせてもらっている。そなたも来るか？』

『もちろん！　おいら兄貴にどこまでもついて行くぜ！』

悶えている場合ではなかった。

リコリスは慌てて口を開く。

「それなら今度こそ取引よ、アルプ。『死の森』に棲むつもりなら少女達を悪夢から解放すると約束して」

ベリルと共にいれば、今後精気を集める必要もなくなるはずだ。

妖精の干渉を避けるため、今は少女達の枕元に魔除けを置いているだけ。毅然と取引を持ちかけたリコリスだったが、対するアルプは拍子抜けするほどあっさりと頷いた。

『おう、今すぐ術を解くよ！　そうしたらついて行っていいんだよな!?』

「え、えぇ。それじゃあよろしくね」

ずいぶん前のめりな取引となった。兄貴効果か。

王都民を脅かしていた今までの騒ぎは何だったのかと、リコリスは遠い目になる。

隣でノアが白々しいほど完璧《かんぺき》な笑みを浮かべた。

「これで被害者達が本当に目覚め、かつ容体に問題がなければ、解決ということでいいんじゃないですか？　圧倒的にベリルの方が活躍しておりますが」

「ノア殿の言う通りだな。帰城後すぐディルストに言って、医者の手配をさせよう。夜が明ける頃には各家に到着するはずだ」

「あんたの『ノア殿の言う通りだな』が事件解決の方にかかってるのか、ベリル大活躍の方にかかってるのかによって、私の徒労感は格段に変わるわよ……？」

ノアに汚染されゼルクトラまで邪悪になってしまったら、救いがないではないか。

戦々恐々とするリコリスだったが、最後の希望にすがる気持ちで勢いよく振り向いた。

視線の先ではドラゴン達がじゃれ合っている。

いいや、救いならばここにあった。

またも『死の森』の住民が増えることになったけれど、結果的にはよかったのかもしれない。困っている妖精を救えた上に癒《い》やしが増えたのだから。

「可愛い。可愛さが傷付いた心に沁《し》み渡るわ……」

ベリルとアルプが戯れている場面をこれからも眺められるのなら、むしろ得しかない。

拝む勢いで感謝するリコリスに、ずいとノアが身を寄せる。

「また新たな敵が……そうしてより可愛い方に、あなたの関心は移ろうのですね」

「前々から不思議に思ってたんだけど、あんたは私に可愛いって言われたいわけ？」

だからなぜ張り合おうとするのか。

寒風が入り込む鎧戸《よろいど》の向こう、空は既に白みはじめていた。

王都中に広がっていく朝の気配。今日も早い時間から大勢の人が動き出すのだろう。

寒さも忘れるくらいの熱気を思い出し、リコリスは朝陽《あさひ》が映し出す美しい王都の街並みに目を細めた。

◇◆◇

働き者の王都民には悪いが、リコリスは城に戻るなりベッドに直行した。

アルプを捕獲するためもう何日も神経を尖《とが》らせていたのだ。

そしてついに捕獲に成功したと喜んだのも束《つか》の間《ま》、結局夜を徹しての悩み相談に付き合わされ。全てが解決した途端に気力が途切れてしまったので、今日ばかりは思う存分眠らせてもらおう。

その日リコリスが起き出したのは昼過ぎ。食事を済ませたのち、事件解決の報告のためディルストと会うことになった。

以前訪れた彼の執務室に行ってみれば、なぜかノアとゼルクトラがいない。

ディルストと、彼の背後に控える騎士その一に半眼を向け、リコリスは口を開いた。

「普通に考えて、事件解決の報告っていうなら当事者全員揃ってすべきじゃないの？」

「もう少しで、あなたに頼まれていた件の調査に目処《めど》がつきそうなんだ。彼らにはそちらをお願いしている。ある程度の報告は聞いているし、別行動でも問題ないでしょう?」

国王は笑みを崩さず、テーブルの紅茶と焼き菓子を勧める。

不信感はあるものの、いつも一緒でなければ気が済まないと解釈されるのも癪《しゃく》だ。挑発めいた口振りと理解しながら、リコリスはソファに腰を下ろした。

「それで? 報告といってもアルプのことは伝えてあるんだから、あんたの方こそ話があるんでしょう?」

「そうつんけんしないでほしいな。まずはあなたが気になっているだろう、眠り続けていた少女達の病状について話しておくよ」

嫌みへの腹いせのつもりで手近な焼き菓子を頬張っていたリコリスは、顔を上げた。眠っている間にハンナ達の方は目を覚ましたらしい。

「医者がいうには、消化器官が弱っているけれど、食事にさえ気を付けていれば明日にも遊びに出かけられるくらいの健康体ということらしい。安心した?」

「私に訊《き》くんじゃないわよ、あんたの国民でしょうが」

とはいえ、元気ならよかった。

あの母親も喜んでいることだろう。

鼻を鳴らすリコリスに、ディルストはふっと笑みを深めた。あまり似ていない兄弟だと思っていたが、青灰色の瞳《ひとみ》を細める仕草だけは近いものを感じる。

「私はね、とても感謝しているんだ。魔女殿のおかげで全てが良い方に運んだ。街の奇病騒ぎも──兄上の宮での待遇も」

彼は、いつかのように深々と頭を下げた。それにならった騎士その一も。

真摯《しんし》に礼を言われる方が逆に戸惑ってしまって、リコリスはそっぽを向いた。

「あんたほど有能な人間なら、使用人をいさめるくらい簡単だったでしょうに」

「母上の機嫌を損ねるわけにはいかないから、私は動くことができなかった。直接的だろうと間接的だろうと、私が兄を庇《かば》ったことを知れば、その怒りが誰を向くのか明白だからね。だからこそ、ずっともどかしく思っていた」

毒や暗殺者を仕向けるようになるよりも前、王太后はゼルクトラに手を上げていたらしい。幼いながらもディルストは、兄を守るため無関心を装うことを選んだ。

その結果が使用人にすら軽んじられるゼルクトラの現状なのだが──この窮屈な城の中では、完璧に守りきることが難しいのかもしれない。ディルストなりに戦っているのだ。

「噂《うわさ》を聞いたよ。『おばあちゃんの知恵袋』は素晴らしいとか」

「あんた遠回しに馬鹿にしてるでしょ」

「とんでもない。使用人からの反発もなく収めてみせた魔女殿の手腕こそが、私は素晴らしいものだと思うよ」

ディルストが本心から言っているのか全く読めず、顔をしかめた。

国王の思惑など計り知れないが、ゼルクトラの宮の雰囲気が少しずつ変わりはじめているのは確かだった。

閉じきっていたカーテンは開かれ、人が動くたび埃《ほこり》が舞うこともない。大広間も解放され、食器は続々と新調されている。

何より、ゼルクトラに対する態度が違う。

宮の主《あるじ》として尊重する姿勢をとり、ゼルクトラの方も僅《わず》かながら声をかけるようになっている。時間はかかるだろうが、いつかは信頼関係を築けるかもしれない。

リコリスとノアが今日にも城を辞することを告げたら、なぜかゼルクトラよりも熱烈に引き止めてきたが……まぁ大体は思惑通りだ。

「とにかく万事解決したようだし、私達はお暇《いとま》するわ。そっちも約束を守ってよね。独立闘争について分かったことがあればゼルクトラを通して報《しら》せてくれればいいし」

「今彼らが調べているのは、以前から兄上が気になっていたことらしいよ。私は多少の権限を与えただけ」

「って、それあんたは何も調べてないってことじゃ……」

「約束通り、私の方でも調査を進めているよ。イェールガ公国との冷戦に関する資料を集めて目を通しているけれど、確かにあの国はきな臭い。魔女殿にとって……この先を知るには、相応の覚悟が必要になるだろう」

ディルストが僅かに声音を低めるだけで、執務室の空気が剣呑《けんのん》さを帯びる。胃の腑《ふ》をざらりと撫《な》でられるような不安が這《は》い上り、リコリスは固唾《かたず》を呑《の》んだ。

その地位に在り続けるため、多くの困難を越えてきたであろう国王。体の奥底まで見透かされてしまいそうで、理知的な瞳を真っ直ぐ見つめ返すことができない。

「真実とは時に忌々しいほど残酷なものだ。知ればあなたは誰かを憎み、殺したくなるかもしれない。けれど国王という立場上、私がそれを見逃すわけにはいかないんだ。だからこそ、逆に問いたい」

ノアとゼルクトラを遠ざけたディルストの真意は、ここにあったのかもしれない。

厳しい問いを、それに対するリコリスの答えを、彼らに聞かせまいと。

ディルストが重々しく口を開く。

「それでも魔女殿は、本当に真実を知りたいと思う？　そして——真実を知ったあとも、その強大すぎる力を怒りで振るうことはないと、誓えるかい？」

きなかった。

……リコリスは、執務が詰まっているからと彼が席を立っても、ついに答えることがで

リコリスは騎士その一に誘導されながら回廊を歩いていた。

その足取りは重い。

ディルストの問いかけは、寸分の狂いもなくリコリスの脆《もろ》い部分を打ち抜いたように思う。

自身の不安定な心を見透かされ、このまま消え去りたい気分だった。

今は、ノアとゼルクトラがいるという書庫に案内してもらっているところだ。とにかく一刻も早く、彼らの他愛ないやり取りを見て安心したい。

ただ黙々と足を動かすリコリスを気にして、騎士その一がチラリと振り返った。

「あの……落ち込まれることはありません。相手を追い詰めて本音を探るのは、昔からあの方が得意とするところなので」

「悪い奴の見本のような男ね……」

「否定はできません」

寡黙な騎士は、リコリスを励ますために言葉を探しているようだった。

共に育ったという彼こそが、ディルストの良心なのかもしれない。

「あんたは、本当にいい奴よね。『騎士その一』だなんてふざけた呼び方をし続ける相手にまで、優しくしてくれるなんて……」

「いや、それは、今この時点で改善すればいいのでは……」

「ありがとう、騎士その一。これからはもっと大切に呼ぶことにするわ」

「いや、その、えぇ……？」

からかい混じりの呼び名を決して受け入れたわけではないのに、強く拒みもしない。この人の好《よ》さがディルストにからかわれる要因だろうと、心の中でしみじみ納得する。

ちょっと気持ちが浮上したリコリスは、そっと笑いながら顔を上げる。

書庫に向かう通路は、城の最奥部に近付いているためか少しずつ照明が少なくなっていた。底冷えする寒さを感じながら、騎士その一が掲げるランタンの明かりを頼りに進む。

その時、視線の先にわだかまっていた暗闇が——ゆらりと動いた。

コツリ、コツリ。

床を打つブーツの音が響く。誰かが近付いて来ていた。

警戒するリコリスは、闇を切り取って現れた純白のローブに肩の力を抜く。

「何だ……あんたって本当にどこにでも現れるのね」

癖のない艶《つや》やかな黒髪と、白磁の肌。人形めいた容貌《ようぼう》。リコリスを見据える瞳は闇夜を生きるものの証《あかし》である――鮮やかな金色。

こちらを敵視しているくせになぜか付きまとう、ラナンキュラスだった。

彼女は、空間を操る黒蛇の使い魔コールのおかげで、どこにでも瞬間的に移動できる。リコリスが密《ひそ》かに羨《うらや》んでいる能力だ。

「一応不審者じゃないから安心していいわ。知り合いよ」

剣に手をかけていた騎士その一に告げながらも、リコリスは周囲を見回す。

ラナンキュラスといえば、大体レナルドと連れ立っているという印象だ。今回もまた、顔面のみを信奉している彼の願いを叶《かな》えるため現れたのだろうと思った。

「あら？　今日はあの男と一緒じゃないのね？」

どれほど警戒しても天敵レナルドの姿は見えず、リコリスは彼女に近付いた。

「――リコリス！」

再度見慣れた姿が現れた。回廊の向こうからリコリスの名を呼んだのは、書庫にいたはずのゼルクトラだ。

「調べものはもう終わったの？　まぁちょうどよかったわ。今あんた達のところに行って何か手伝おうと――……」

駆け寄ったゼルクトラは、有無を言わさず腕を引きリコリスを下がらせる。そうして、ラナンキュラスとの間に立ちはだかるように体を滑り込ませた。

シワコアトル領の鉱山でもこんなふうに守られる場面があったことを思い出し、リコリスはいつでもどこでも空気を読まない彼の行動に苦笑をこぼす。

「本当に、あんたって……」

「あれは、ベル渓谷の魔女だ」

「え？　えぇ、知ってるけど……」

性急に言葉を遮ったゼルクトラが、一瞬だけこちらを見下ろす。

その瞳の厳しさ、奥に宿る非情な色に、リコリスは急に不安になった。

彼は何かをひどく警戒している。

何か――ラナンキュラスを？

少女を見据える横顔は、普段の彼からは考えられないほど冷ややかだった。

「……独立闘争に関しては、そもそも不審な点が多かった。領地を巡る権限がほぼ問題なく盟主へと譲渡されたこと、病床にあった父上の署名が独立宣言書にあったこと」

領地の件はリコリスも不思議に思ったことがある。

『死の森』の巨大化によって、どこも大なり小なり変化があったのだ。それに加えて共和国の成立とあっては、元々その地を治めていた領主からの反発が簡単に収まるとは考えにくい。しかし現在、幾つかの地方で領土問題が残っているにせよ、内紛に発展するほど大きな諍《いさか》いは皆無。

それは、ウェントラース王家が率先し、領主権を盟主へと譲渡したからだ。

盟主が君臨することで追いやられた者は、その窮状を訴えても国に退けられてしまうのだから、あまりに立つ瀬がない。なぜ国は盟主達の独立を認めたのか。

そして、独立宣言書の署名に関して。

ゼルクトラの父親が長く病床にあったことは国民ならば誰もが知っているけれど、署名すら困難な状態だったというのは初耳だった。

リコリスは、トラトアニ領盟主の屋敷から独立宣言書を持ち出した日のことを思い出していた。あんなにも前から、彼は不審な点に気付いていたのか。

これは、誰だろう。

見知らぬ誰かを見ているようで戸惑っている内に、ゼルクトラが口を開いた。

「その中でも俺が調べていたのは、ウェントラース現王室の家族の肖像についてだ。今はああだが、父王が逝去される以前は母上も体裁を取り繕っていた。数年に一度とはいえ、家族として同じ画布に描かれることもあった」

ゼルクトラは、先王とその実妹の間に生まれた禁忌の子。

体外的には王太后の長男として周知されているため、彼が家族の肖像に参加しなければむしろ不自然だ。数年に一度、というのも王太后との接触を最低限にするため病弱を理由にしていたと思えば理解できる。

「家族の肖像という性質上、もちろん王室からはほとんど流出していない。だからこそ以前から気にかかっていることがあった」

腕を摑《つか》むゼルクトラの手に、力が籠《こ》もった。

「俺の正体を言い当てる時、レナルド・トラトアニはこう言っていた。『絵姿通りだ』と」

それは、トラトアニ領で催されていた花嫁選びの祭典に行った時のこと。

分かたれてまだ数年の共和国に王族を連れていくのは危険かもしれないと判断し、リコリスは彼に【姿変えの薬】を飲ませた。

ゼルクトラの髪と瞳《ひとみ》の色は確かに変化していた。にもかかわらずレナルドは、看破してみせたのだ。素性も、容姿も。

心臓がドクリと音を立てる。

言われてみれば、秘された王兄の絵姿など、簡単に入手できるはずがない。

「全ての肖像画は魔のものが立ち入れない宝物殿に保管されているのだが、一点だけ紛失していた。敷地内の礼拝堂に保管されていたものだ。もちろん礼拝堂にも守りの結界が敷かれているから、持ち出したのは魔力を持たない人間だろう。だが、ここから先をたどるのはなかなか難儀でな。別の教会に移されている可能性が高くとも、教会関連の資料は神職以外閲覧を禁じられている」

「だから……ディルストを頼ったのね」

国王の権限を行使することで、何とか資料の閲覧が許されたのだろう。

唯一神の教えが広まり、人々は洗礼を受けるようになった。暮らしと密接に繋《つな》がっている教会は王族とて軽視できないほど大きな影響力を持つ。王兄という地位をもってしても難しいというなら、それはリコリスが想像するより絶大なものかもしれない。

「かの教義の聖地は、イェールガ公国の中にある。調べてみたら予想通り、紛失した肖像画は公国内の聖教会本部に持ち込まれていた」

では、なぜレナルドは公国内にある絵画を見ることができたのか。

ゼルクトラがどのような結論にたどり着いたのか、容易《たやす》く予測できてしまう。

レナルドといえば、困難なことや面倒なことは、全て押し付けてしまえば解決してくれると、思っている節があるから。

「ラナンキュラス――お前なのだろう？　レナルド・トラトアニに命じられ、聖教会本部にあった肖像画を入手したのは」

そうだ。リコリスだってそう考える。

彼はいつも、都合よくラナンキュラスを利用していた。自分に心酔しているから、思うままに操ることができるとさえ考えていただろう。

その傲慢《ごうまん》さを利用されているとも知らずに――。

以前、なぜラナンキュラスが『死の森』を訪れたのか、疑問に感じたことがあった。

わざわざ遠いところから訪ねてきて、敵意だけをぶつけられた。彼女の目的は一体どこにあったのだろうと。

きな臭さを感じていたのに、彼女が一心にレナルドを慕っていたから勝手に納得していた。むしろ、ベル渓谷の魔女がレナルドと出会うまでの経緯こそ調べるべきだったのに。

今、改めて思う。

ラナンキュラスの本当の目的とは一体何なのだろう。レナルドの懐に潜り込んだのも、そのための手段に思えてならない。

動揺するリコリスを置き去りに、ゼルクトラは彼女を追い詰めていく。

「どこでも自由に侵入可能なお前であろうと、聖教会本部の強力な結界をくぐり抜けることは難しい。それでも肖像画の入手が容易かったというなら、聖教会の上層部……またはイェールガ公国の権力者と密接に繋がっている証左となる。この疑いを晴らすことができるまで、リコリスに近付かないでもらおうか」

顔色一つ変えず糾弾を聞いていたラナンキュラスが——悪辣に笑った。

「……本当に、怖い男。いつから私を疑っていたの？」

「お前のような魔女、出会った時から信用したことなど一度たりともない」

ゼルクトラは間髪を容《い》れず返し、鞘《さや》から剣を引き抜いた。

振り抜きざま、鋭い刃先がラナンキュラスとの間合いに伸びる。彼女はその速さに反応できず、白いローブが僅《わず》かに切り裂かれた。

露出した腕から、血がにじむ。ラナンキュラスは顔をしかめて腕を押さえた。

当然だ。魔力を持っているだけで、彼女は非力な少女。襲い来る切っ先をかわすこともできないから、ただ棒立ちでいるしかなかった。

剣を構え続けるゼルクトラを、リコリスは驚愕《きょうがく》の思いで見上げた。

感情が未発達で不器用な彼しか知らなかったのに、今日は思いもよらない面ばかり見ている気がする。ラナンキュラスとは少なからず面識があるはずなのに、一切の躊躇《ためら》いもなく傷付けることができるなんて。
感情の窺《うかが》えぬ横顔。傲慢で、冷酷で、他者を何とも思っていないような……。
——魔女だから、信用できなかった？　なら……私は？
いいや。彼が見せる親愛に、笑顔に嘘はない。
嘘はないはずだ。
——本当に？
ぞくりと背筋を駆け上ったのは、恐怖。
その瞬間リコリスは、腕を掴む手を振り解《ほど》いていた。
呆然《ぼうぜん》とするゼルクトラと目が合う。
リコリスはそこでようやく、自分が何をしたのか気付いた。
拒絶したのは未知の何かではない。守ろうとしてくれたゼルクトラだ。
「あ……」
苦いものが込み上げるのに、咄嗟《とっさ》に言葉が出てこない。
何を謝ればいいのか迷ってしまった。怖いと思ったこと？　それとも、僅かにも疑いを
抱いたこと？
「——ほら、だから愚かと言うのよ」

耳元で囁《ささや》かれ、リコリスは身構えた。
けれど速さでは到底敵《かな》わない。
ラナンキュラスは既にごく間近で、甘やかな毒のような笑みを浮かべていた。
彼女の華奢《きゃしゃ》な手が茨《いばら》のごとく絡み付いて離れない。
「何も信じなければ、傷付かずにいられたのにね」
ひどく楽しげな言葉を最後に、リコリスの視界は暗転した。

第二話　善き魔女と追憶の香水

覚えのある感覚、あれはラナンキュラスの使い魔コールの空間転移だった。

視界を塗り潰《つぶ》されたのは一瞬。けれど再び視界が戻った時、側に彼女はいなかった。

全く見知らぬ部屋に放り出され、リコリスは一人きり。

部屋自体はそれなりに広いが、ベッドもテーブルも本棚も、まるで宿屋のように一室に集まっている。内装はシワコアトル領の商館を彷彿《ほうふつ》とさせる華美なものばかりなのに、見上げる高さにある窓の鉄格子が何とも物々しい。

試しに一つしかない扉のハンドルを握って、外側から施錠されていることを確認する。

これは宿屋というより、貴族用の牢獄《ろうごく》という方が正しい。

「嘘でしょ……」

リコリスはしばらく立ち尽くしたが、現実を受け入れることにした。

ラナンキュラスにさらわれ、どこかに捕まっている。

それが動かしがたい現状だった。

衝撃をやり過ごしたら、あとは脱出のために最善を尽くすのみ。

まずは情報が必要だ。リコリスは椅子の上に分厚い辞典を積み重ね、高い位置にある窓を目指してみる。

顔の幅程度しかない細長い窓は、鉄格子の向こうにかなりの空間があるようだった。壁の造りが重厚なのかもしれない。

それでも透明度の高いガラス越しに目を凝らしてみれば、景色がよく見える。

窓の外は、街も山も全てが白い雪に覆われていた。どこまでも続く銀世界は本格的な冬を迎えていないウェントラースではあり得ないものだ。

「たぶんウェントラース国より北で……しかも……」

雪より何より地域を特定する材料となったのは、特徴的な建築様式だった。リコリスはそれなりの高所に閉じ込められているようで、遠方にそびえる建物もよく見えるのだ。

塀を越えたさらに向こうに、玉ねぎ形の屋根が並んでいる。雪が積もっていても見事な配色は隠しきれるものではなく、金や青、緑や赤色など鮮やかな模様が浮かんでいた。

大陸でも珍しい色とかたちだが、全てに信仰心が込められていると聞いたことがある。

そう、確かあれは教会だった。

その上ラナンキュラスの仕業ということまで加味すれば、もうほとんど答えは出ているようなものだ。

リコリスは顔からスンと表情を削《そ》いで、機械的に本の塔を片付けはじめた。踏み台にしてしまってたいへん申し訳ない。

最後の一冊まで綺麗《きれい》にしてから本棚に戻し、ベッドの縁に腰を下ろした。

しばらくは高い天井を見上げていたが、リコリスは仕方なくこちらの現実も受け入れることにした。魂まで吐き出してしまいそうなため息が出る。

「はぁぁぁぁぁぁぁぁ〜、イェールガ公国、しかも大公宮とか嘘でしょ……」

荘厳で特徴的と聞いていた聖教会本部は、考えるまでもなくあの玉ねぎ形の屋根の建物だろう。つまりイェールガ公国内であることは間違いない。

さらにこの国は興ってから日が浅い上、唯一神を信仰する者が集まってできた国。清貧を尊ぶ信徒達は、当然豪邸など建てない。

公国内において、豪華絢爛《ごうかけんらん》な大豪邸に住まう者は一人しかいないのだ。この公国の頂点に立つ、大公その人のみ。

ラナンキュラスは大公、またはそれに近しい人間の息がかかっていたらしい。

そしてその何者かは――十中八九大公だろうが、何らかの目的をもって彼女にリコリスをさらわせた。

潜伏に長い時間をかけて実行した点、危害を加えられていない点、閉じ込められてはいるものの手足は拘束されていない点。これら三つを踏まえて考えれば、すぐに命を奪われるということはなさそうだ。目的は、命以外の何か。

死亡の可能性が低いと分かれば、リコリスは気を抜いてベッドに体を投げ出した。

時間を持て余しているから存分に思索ができる。

あの場にノアはいなかったけれど、リコリスの気配が王宮から消えたことくらいすぐに察知するだろう。

彼が瞬時に助けに来ないのは、おそらくこの大公宮に強力な魔除《まよ》けか探知を妨害する術がかかっているから。ラナンキュラスがいれば難しいことではない。

使い魔が怒り狂って城が崩壊、などといった結果にならなければいいが。

今頃騎士その一は、目の前で護衛対象がさらわれてしまったことに落ち込んでいるだろうか。警戒する彼に問題ないと言ってしまった手前、申し訳なさが募る。主《あるじ》であるディルストにちくちく嫌みを言われるだろうと思えばなおさら。

「それに、ゼルクトラ……」

呟《つぶや》いた途端、リコリスの瞳《ひとみ》は弱々しく潤む。

手を振り払った時の傷付いた顔が忘れられない。

信頼する相手からの拒絶を理解できないといったふうの、呆然とした表情。

鉱山の地割れにリコリスが巻き込まれた時も、伸ばした手にすがることができず、同じような顔をさせてしまった。彼の方がよほど辛《つら》そうな様子に胸を痛め、同じ過ちは繰り返さないと決めていたのに。

ラナンキュラスを信用したことがないと言い切る、彼の冷酷さに戸惑った。けれど冷静になって考えれば、同じ魔女というだけで警戒心を緩めるリコリスを守るための判断だったと、今なら分かる。

魔女という肩書きで、金色の瞳で、忌避感を向けられたことなど一度もない。冷酷な一面を知ってしまったからといって、今までくれた言葉がなくなるわけではないのだ。

こんな状況に陥っているのも罰なのかもしれない。

あの時彼から離れなければ。

「あーもう、後悔したって仕方ないわ」

リコリスは前髪をくしゃくしゃに乱したあと、キッと天井を睨《にら》み付ける。金色の瞳には力強さが戻っていた。

会ってきちんと謝ろう。

そのためにも、必ず生きてここから脱出する。

「さらわれた理由は何かしら？　目的……秘薬？」

秘薬が必要ならば、当然ラナンキュラスにも作れるはず。リコリスでなければいけない理由があるのだろう。

「――私にしか作れないもの？」

一瞬、答えを掴《つか》みかけた気がした。

けれどそれがかたちになる寸前、扉の開閉音に思考を遮られる。

姿を見せたのはラナンキュラスだった。

「あら残念。能なし魔女のあなたのことだから、不安で泣いているかと思ったのに」

いつものごとく皮肉をぶつけられても、リコリスは意に介さず立ち上がった。

「無駄口を叩《たた》く暇があるなら、さっさとあんたのご主人様のところにでも案内してちょうだい。能なしじゃない私に用があるんでしょ？」

さっと顔を歪《ゆが》めるラナンキュラスに、リコリスは不敵な笑みを返した。

王侯貴族が相手だろうと屈するつもりはない。

こちらを利用しようというなら、その企《たくら》みごと出し抜いてやろうではないか。

ラナンキュラスに従いたどり着いたのは、謁見室だった。

王宮ほどではないにしても、ずいぶん広く装飾も華やかだ。一際目を引くのが、緋色《ひいろ》の布と金で飾られた玉座のごとき椅子。そこに座しリコリスを待ち構えていたのは、見覚えのある人物だった。

「あんたは……」

瞠目《どうもく》するリコリスを見下ろし、老人はあの時のように好意的な笑みを浮かべている。

腰は曲がっておらず、いかにも壮健で身長が高い。癖の強い白髪と灰色の瞳。そして何より記憶にこびりついていた――忌避感を伴う独特の気配。

「また会えたね、可愛らしいお嬢さん」

アルプが起こす騒動について調べていた時、ノアとゼルクトラとはぐれてしまった。

あの時急に現れ、意味深な言葉を残し忽然《こつぜん》と消えた老人。事件に関わっているのではと気にかけていたのにすっかり忘れていた。アルプが原因だと分かった時点で深く掘り下げておくべきだったのに。

――そうか……あんなところでもラナンキュラスが暗躍してたのね……。

歯噛《はが》みする思いを押し隠し、リコリスは笑ってのけた。

「あんたが大公だったのね」

「おや、もっと驚くかと思ったけれどさすがに度胸があるね。名乗りを上げるのが遅くなったが、私はフレーゲルという。以後よろしく、『死の森』の魔女殿」

彼の口調は、ディルストと似通っている。

けれど親しみを感じるかと言われれば、答えは真逆だ。国王の笑顔には相手の警戒心を解く意図がある。フレーゲルのそれは……相手を欺くためのもの。

「以後よろしくというなら、こんなふうに強引に連れてくるべきじゃなかったわね」

「私はあくまで穏便にと伝えたのだけれどね。強引なことをしたのはそこにいる魔女で、そう指示をしたのは……」

笑みを消したフレーゲルが、背後に控えていた女性の頬を思いきり打った。

「――この女が、強引な行為の原因だろう。嫌な気分にさせてしまったが、改めてよろしくお願いしたい」

突然のことに呆気《あっけ》にとられるリコリスに、彼は再び穏やかな笑みを向けた。あまりに自然な笑みで、だからこそ寒気がする。

ぶたれた女性はうずくまり、苦しそうに咳《せ》き込んでいる。視界にさえ入れず、何ごともなかったかのように振る舞うフレーゲルは異常だ。

僅《わず》かに顔を上げた女性と目が合う。

彼女の金色の瞳が涙に濡《ぬ》れているのを確かめると、リコリスは再びフレーゲルに視線を戻した。

「……残念ね。私は今後も、一切親しくするつもりはないわ」

「おかしいな。ずいぶん嫌われているようだ」

「人をもののように扱う奴なんて好きになれると思う？」

「それは、前回の失言に対しての不満かい？　誠意をもって謝罪したつもりだけれど」

口先だけの謝罪だとあの時も感じていたけれど、今はより確信をもって言える。

フレーゲル大公は、誰かの命を足蹴《あしげ》にしても平然としていられる人間。命の価値を論じること自体が無意味だと言い切る類《たぐ》いの、恐ろしい人。

それでも萎縮《いしゅく》せず対峙《たいじ》できているのは、ひとえに魔女としての矜持《きょうじ》があるからだ。

容易《たやす》く取り込めると侮られているなら我慢ならなかった。

加えて、人を殴っておきながら笑っていられるような人間に、絶対屈したくない。

フレーゲルを出し抜く方法を考える。

今この謁見室には、リコリスに不審な動きがないか警戒するラナンキュラス以外に、四名の女性がいる。ぶたれた女性も含め全員が金色の瞳をしているからには、確実に魔女。

だとすればこの人数差は圧倒的に不利だ。この場で逃げ出すことは不可能。その上、大公の判断によってはこの先も監禁され続けるかもしれない。

ならば脅されて従うより、ある程度の自由を勝ち取る道を模索した方がいいだろう。

「あんたの用件、大体見当が付くわ。――【追憶の香水】が欲しいんでしょう？」

以前遭遇した時に匂わせていたので、間違いないと思っていた。

エニシダが完成させた、世には出回っていない秘薬の香水。使い方を誤れば自我を壊す凶器になり得ると、ノアが説明していた。

なぜ大公は【追憶の香水】を求めるのか。

「……君は頭がいいから、話が早いね」

「でもやっぱり残念。料金次第では作ってあげてもいいんだけど【追憶の香水】は手間がかかるし、稀少《きしょう》な材料を必要とするの。うろ覚えだから改めてレシピを読み返さないといけないし。さっきみたいに閉じ込められている状態で、とても作れるものじゃないわ」

そもそも包み隠さず事情を話した相手にしか秘薬を売るつもりはないし、【追憶の香水】のレシピすら知らない。だからこれは、身の安全と自由を確保するための出まかせ。

「大公は私を信用できないでしょうから、取引しましょう。支払いさえよければ私は【追憶の香水】を作る。完成するまでこの宮から出られなくてもいいわ。その代わり、あんたは宮内での自由を認めて。材料確保のためには手伝える魔女も一人つけてほしいわね」

咄嗟《とっさ》の判断だったわりにいい取引を提示できた。

この申し出、一見フレーゲル側の損はない。

けれどリコリスは【追憶の香水】を売るとは確約していないし、最悪金さえ受け取らなければ取引は十分不成立に持ち込める。

あとはこれらの穴に気付かず、大公が頷《うなず》いてくれれば。

内心の緊張を抑え込み返答を待つリコリスに、老人は笑みを深めた。

「――いいだろう、全て魔女殿の望む通りに。【追憶の香水】を生み出したという伝説の魔女の系譜、その実力を信じてみようじゃないか。ただし、逃げ出そうとする素振りがあれば、温厚な私も無慈悲になる。くれぐれも肝に銘じておいてほしい」

人を誘拐しておいて何が温厚なものか。

リコリスは喉元《のどもと》まで出かかった悪態を呑《の》み込み、かろうじて笑みを保ったまま、ラナンキュラスのあとについて謁見室を辞した。

あっさり許可が下りたことに、なおさら不安を掻《か》き立てられる。

もし、取引に瑕疵《かし》があることを知りながら、了承したのだとしたら。

リコリスは謁見室の扉が閉まると、詰めていた息を吐き出しながら自分の手の平を見下ろした。指先まで凍り付いたかのように、手が震えている。

慎重に……まずは【追憶の香水】について調べつつ、ノアと連絡をとる手段を講じなければならない。祖母のレシピ帳や手記も取り寄せなければ。

頭の中で算段をつけながら、リコリスは震えを誤魔化すようこぶしを握った。

◇◆◇

「――一体、どういうことなのだ？」

ノアがぞろりと低い声を発する。

ラナンキュラスがリコリスを連れて消え去った、直後のことだった。

呆然《ぼうぜん》とするゼルクトラの許《もと》に白いフクロウが飛来し、すぐさま少年の姿をとった。

地鳴りが起き、壁にひび割れが生じる。まるで城全体が、彼の怒りに怯《おび》えて震えているようだった。

リコリスの気配が王宮から消えたことに気付いているのだろう。使い魔から伝わる圧迫感は鉱山の時の比ではない。

それを真正面から受け止めているゼルクトラは、苦しさに膝《ひざ》をついた。

「ノア、殿……」

「貴様は、イェールガ公国とベル渓谷の魔女が繋《つな》がっている可能性があると、早くリコリスに報《しら》せねばと言っていたな。それで……とうのリコリスはどこにいる？」

ノアは一切の表情を消し、傲慢《ごうまん》に問いかける。

視界の隅には、ディルストの護衛騎士がうずくまっていた。このままでは彼は――いいや、もはや城全体が壊滅してしまうだろう。

「突然気配が消えたということは、あの魔女が関わっているのだろう？　妨害が入って、今も気配がたどれぬ」

ゼルクトラを睥睨《へいげい》しながら、ノアはゆったりとした足取りで近付いてくる。

這《は》うようにして両者の間に割って入ったのは、うずくまっていた護衛騎士だった。

「どうか……どうか、この方には……」

ディルストの兄という理由で庇《かば》っているのだろうが、ほとんど魔王にしか見えない少年と対峙するなど正気ではできない。恐るべき胆力だった。

「どうか、怒りを、お鎮めください……」

「私は問うておるだけよ。貴様が庇うその男が、何をしていたのか。あの魔女の危険性を知りながら、目の前でリコリスがさらわれる様を、なす術《すべ》なく眺めていたのか、と」

淡々と、区切りながら紡がれる言葉。

彼の怒りは明らかにゼルクトラへ向けられており、耐えきれず不様に倒れ伏す。

それでも気力で顔を上げたのは、この圧迫感を浴びながらノアを宥《なだ》められるのは自分しかいないと思ったからだ。

彼と一番付き合いが長いのも、この場には自分だけ。

いよいよ地鳴りが激しくなる中、ゼルクトラは精一杯声を振り絞った。

「ノア殿、リコリスを、悲しませてはいけない——彼女が、最優先だろう……!?」

リコリスをみすみすさらわれて、何も感じないはずがなかった。

己の無力さを痛感する。それくらいとっくに理解していたはずなのに、途方もない自責の念と自身に向かう怒りとで目が眩《くら》みそうだ。

手を振り払った彼女の苦しげな顔が忘れられない。

金色の瞳《ひとみ》を限界まで見開き、罪悪感に言葉を詰まらせていたリコリス。

怖いと思わせてしまったのは自分だ。見せまいとしてきた冷たさをさらし、疑念を抱かせてしまったのも。

リコリスを傷付けた。彼女は何一つ悪くないのに。

後悔してもし足りないからこそ、責任の所在を確認している場合ではないと強く思う。

こうしている間にも彼女は、不安で泣いているかもしれない。

今すぐに助け出したい。

そうして真っ先に謝罪をするのだ。

ゼルクトラの気概は、果たしてノアに無事届いた。

彼は暴力的な威圧をあっさりと消し去ると、素っ気なく背中を向けた。

「……よく考えれば、あなただけを責めるのは筋違いでした。私自身、あちらに認識阻害を得意とする使い魔がいることを失念しておりましたし」

コールという黒蛇の使い魔の力で、ノアが気配を察知できないことは以前にもあった。

今回ラナンキュラスの接近に気付かなかったのも、それが原因らしい。

ゼルクトラは気力で立ち上がると、護衛騎士にも手を貸した。鍛え上げている彼もさすがなもので、ふらつくことなく立ち上がる。

「お気遣いいただき、恐縮です」

「気にするな。ディルストは、今は公務中だったか？」

「はい。ですが……すぐに緊急対策を取られることでしょう」

災害級だった先ほどの揺れで、公務どころでなくなるのは当然だった。

「ディルストに委細を報告する役目は、お前に任せてもいいだろうか？　俺達は今すぐトラトアニ領に向かわねばならない」

みなまで言わずとも、ゆっくり振り返るノアの瞳には理解の色が宿っていた。

「なるほど……ラナンキュラスを従えていたレナルド・トラトアニならば、確かに何かを知っているかもしれません。あるいは、あの男が引き起こした騒ぎなら、話はもっと簡単でしょうがね」

ノアの言う通り、拐《かどわ》かしの犯人がレナルドならば最悪の事態を心配せずに済む。彼はリコリスを屈服させたいと語りながら、どこかで愛を望んでいるから。

けれどそれを期待しようにも、ラナンキュラスという存在が不吉な影を落とす。

「とにかく今は迅速に動こう。リコリスを助けるために」

ゼルクトラの宣言を皮切りに、それぞれが素早く動き出した。

トラトアニ領に到着するまでに、それほど時間はかからなかった。

ノアの飛行速度では数時間は要しただろうが、こちらにはベリルがいる。

緊急事態ということで最高速度を出してくれた彼のおかげで、一時間弱しかかからなかったのだから驚きだ。その代わり、恐ろしいほどの寒さと胃がひっくり返るような加速度にゼルクトラは瀕死《ひんし》の状態だが。

『すまぬな。これでも負担がかからぬよう、魔力で防護していたのだが』

申し訳なさそうなベリルに、ゼルクトラは何とか平気なふうを装った。

「いや……俺一人のためだけに、気遣い痛み入る。しかしさすがにドラゴン、速いな」

「おや、嫌みですか？」

軽口にすかさず反応したノアも、ベリルについてきた妖精《ようせい》アルプまでもが平然としているのだから、不甲斐《ふがい》なさを感じる。見た目だけで言えば彼らの方がよほどか弱げなのに。

見覚えのある街並みを眺望する場所に、トラトアニ領盟主の屋敷はあった。

以前訪れた時は閑静な佇《たたず》まいだった屋敷も、今や蜂の巣をつついたような混乱に陥っていた。突如庭に着地したドラゴンに、誰もかれもが右往左往している。

「まぁ、こうなりますよね」

「どうする？　説明する時間も惜しいから、ここは強行突破しかないか」

「表情に出ないから分かりづらいだけで、ゼルクトラ様もだいぶ焦っていらっしゃるのですね。逆に私の方が冷静になってきましたよ」

発想がほとんど山賊ですよと窘《たしな》めながらも、ノアは真っ直ぐ屋敷を見つめていた。

「気配はありますし、このような騒ぎになっていれば当然盟主代理として向こうから姿を現さざるを得ないでしょうね。……あぁ、ほら」

正面玄関の扉が開かれる。

巨大なドラゴンがいようと不遜《ふそん》な態度を貫き近付いてくる人影に、ゼルクトラもまた同様に視線を向ける。

「久しぶりだね、使い魔君にゼルクトラ・ウェントラース。噂《うわさ》で聞いていたけど、本当にあのドラゴン、『死の森』に棲《す》みついていたんだ」

金色の髪に鮮やかな青い瞳、洗練された立ち居振る舞い。

リコリスいわく天敵——けれどゼルクトラから言わせてもらうと彼女への激しい執着を隠しもしない振り切れた変人。レナルド・トラトアニが優雅に歩み寄るところだった。

「おや、見慣れない妖精もいる。君達って会うたび人間離れした団体になっていくね」

ドラゴンに乗ったままのアルプを見上げるレナルドに、動揺は見られない。

驚きを露《あら》わにしない点は元貴族といったところだが、これではリコリスをさらったのかも判断が難しかった。視線の動きから察するに、この面々が揃っていながら彼女だけいないことにも気付いているだろうに。

ゼルクトラはあえて駆け引きという手段をとらず、正面から踏み込んだ。

「面倒な前置きはしたくない。レナルド・トラトアニ、お前に話があるのだ」

「お断りだね。お前相手に時間を浪費するつもりはない」

レナルドは、輝かんばかりの笑みを浮かべて即答した。

リコリスならばうっかりうっとりしていそうな笑顔だが、圧がすごい。故意にお前という二人称を用いる辺り、相当嫌われているのだろう。

だが今は、個人の好悪を声高に叫ぶ時ではない。

「リコリスが行方不明になっている」

「――――何？」

こちらの一切を拒絶していたレナルドの態度が崩れる。

ノアの時もそうだったが、つくづく『リコリス』の名前は効く。まるで彼女自身が生み出す秘薬のようではないか。

ゼルクトラは彼の注意が向いている内にと、一気にまくし立てた。

「王宮にラナンキュラスが現れ、リコリスをさらった。認識阻害の術に長《た》けているから、ノア殿ですらリコリスの気配を追えなくなっている状況だ。あの魔女がなぜ王室一家の肖像画を入手できたのか調査する内に、イェールが公国と繫がっていることに気付いた。お前は、それを把握していたのか？　だとしたらリコリスはどこにいる？」

　みるみる瞠目《どうもく》するその反応を見る限り、全くの初耳のようだ。レナルドの仕業であればという当ては外れた。

「知らない、僕は何も……リコリスを、ラナンキュラスが……？」

　蒼白《そうはく》になって呟《つぶや》く彼は目まぐるしく頭を働かせているようだった。そうして答えに行き着いた時、レナルドの顔は後悔で歪《ゆが》んだ。

「僕も、都合よく利用されていたってことか……」

　ラナンキュラスは、リコリスを誘拐するという明確な目的をもって、レナルドに近付いた。ゼルクトラ達もそう推測している。

「他国の魔女が近付いてくるなど、不審に思わなかったのか？」

「あれだけ熱視線を向けられれば、利用できると勘違いもする。今となってはあれも演技にすぎなかったということだけど」

「いや……あれは演技とは……」

　美しいものならば、男でも女でも生物でも無生物でも関係ないと言い切っていたラナンキュラス。あの恍惚《こうこつ》とした表情は本音を語っていたように思う。

　レナルドを愛《いと》しく思っていても、逆らうことのできない存在がいたのかもしれない。そういった心の歪みを抱えていたからこそ、彼女はリコリスを嫌っていた。

厳しさと冷酷さ、そしてそこに秘めた他者への深い愛情。リコリスが持つ独特の不均衡さが、歪んだ人間には光のように映るのだ。

ゼルクトラも似たものを抱えているからこそ、分かる。

ラナンキュラスは、リコリスの眩《まぶ》しさに反発している。それでも意識せずにいられないから、ああして嫌みを言うためだけに近付くのだろう。

それは、レナルドに対するものとは別のかたちの執着。どちらがより深いものなのか、ゼルクトラにも分からない。

レナルドは、苛立《いらだ》たしげなため息をつきながら顔を上げた。真っ直ぐな眼差《まなざ》しからは、何かしらの決意を感じ取れる。

「僕にとっては最高に不愉快なことだけど、君達に協力しよう。まずはラナンキュラスの素性を洗い出してみる。彼女が屋敷に残していった私物を調べれば、誰の命令で動いていたのか分かるかもしれない」

「お前……」

平然としているレナルドには白い目を向けざるを得ないけれど、それ以上は口を噤《つぐ》む。

ゼルクトラだって、目的のためなら手段は選ばない。結局のところ同類なのだ。

ベリルからの何とも言えない視線は感じるけれど、これまた同類であるノアが、ここでようやく口を挟んだ。

「ゼルクトラ様。私達は、別の角度から調査を進めましょう。まだ気になることがあるのだとおっしゃっていたでしょう？」

すぐには彼の台詞《せりふ》が理解できず、ゼルクトラは固まってしまった。

その話をしたのは、消えた肖像画の行方を追っている時。つまり独立闘争について調べている時だった。

「今は独立闘争に関することなど、調べている場合では……」

「いいえ、重要なことです。ラナンキュラスはイェールガ公国と繋《つな》がっていた。これがただの偶然であればいいのですが、あの公国にまつわる問題は今の内に洗い出しておくべきだと、それが最善だと感じるのです。まぁ、所詮《しょせん》使い魔の勘にすぎませんが。――案外、リコリスがさらわれたことと独立闘争の真実が、根本で繋がっているかもしれませんよ」

そこでノアは、自信のみなぎる笑みを浮かべた。

「何より、冷静に考えてみれば、リコリスが状況に甘んじているとは思えません。必ず助かる道を模索し、自身の居場所を知らせてくれるはずです」

まさか、その知らせとやらが来るまでリコリスの行方を追わないということか。

ここに来て問題を捨て置くという選択肢があろうとは、想像だにしていなかった。

絶句するゼルクトラだったが、確かに一理あるかもしれないと思いはじめる。調べを進めておくことは、リコリスを救出する際も有利に働く手札となるだろう。

「分かった、そうしよう」

「それぞれで動くとしたら、連絡手段はどうしようか？」

レナルドも交えさらに詰められていく議論に、ベリルはもう黙っていられなかった。

『──ならば、我がリコリスの居場所を捜そう』

感情を排し、最短で利にたどり着く道を模索する。

最終的にはリコリスのためになるのだろうが、彼らにはあまりに情がない。今頃震えているかもしれないか弱き少女が哀れでならなかった。

義憤に駆られるドラゴンを、笑顔で両断したのはノアだった。

「あなたは連絡手段にするつもりですから、手元にいてくださらないと困ります。トラトアニ領と王宮を往来するのは、ただの人間には骨が折れますから」

『勝手に我を戦力に数えられても……』

「この程度の窮地すら打破できないような者に、魔女を名乗る資格などないと思いませんか？　──救出は不要です」

冷酷非道な宣言に、ベリルは戦慄《せんりつ》した。

共に不穏な光景を眺めていたアルプなど怯《おび》えきっている。

『魔女の姉ちゃんは優しかったのに、人間って怖いよ……』

『う、うむ……』

渦中には人でないものもいるが、生まれたばかりの妖精には分からないかもしれない。

そして同じく、リコリスがそういった輩《やから》を可哀想《かわいそう》なほど引き寄せているだけということも、できることなら分からないままでいてほしい。

ベリルは沈痛な面持ちで、頷《うなず》くだけに止《とど》めた。

◇◆◇

信頼する者達から一時放置と切り捨てられたことなど露知らず、リコリスは仲間の許《もと》へ戻るため日々邁進《まいしん》していた。

あれ以来顔を合わせていないが、フレーゲルは約束通り、宮内を自由に動くことを決して咎《とが》めない。その代わり手伝い目的で要求した魔女が、どこに行くにもついて回った。

実際、秘薬に関することならリコリスの拙《つたな》い説明でも理解してくれるから、優秀な魔女なのだろう。見張りのため側にいる可能性を考えれば警戒は怠れないが。

身の回りの世話も担当することになったのは、謁見室でフレーゲルにぶたれていた若い女性だった。

ミュゲと名乗る彼女は、双子と間違えそうになるほどラナンキュラスに似ていた。可憐《かれん》で儚《はかな》げな容姿の上、艶《つや》やかな黒髪と金色の瞳《ひとみ》。

それなのにまとう雰囲気は全く異なっており、ミュゲはどこかリコリスに好意的だ。

彼女に手を上げたフレーゲルを真っ向から非難したためかもしれないが、助け起こさず取引を優先した身としては多少心苦しい。

ミュゲやラナンキュラスは、代々大公に仕える魔女の一族らしい。

言われてみれば謁見室に集っていたどの魔女も、顔立ちが似通っていた気もする。

リコリスにとってイェールガ大公宮での生活は、意外にも快適なものだった。

面倒くさそうに舌打ちしながらもラナンキュラスが取り寄せてくれた祖母のレシピ集や手記を読み込みつつ、ミュゲが淹《い》れた紅茶を味わう。

イェールガ公国では紅茶にジャムを添えて飲むのが主流らしい。好みによってはジャムをウォッカでのばすこともあるらしく、リコリスはそれを気に入った。紅茶の熱さに酒精が合わさり、体をぽかぽかにしてくれる。厳寒の地ならではの楽しみ方だ。

「リコリス様、どうぞこちらの焼き菓子もお召し上がりください。二度焼きしたクッキーにジャムやチョコレート、ナッツなどをあしらったものです」

「うわ、模様が花みたいで可愛い。ありがとう、疲れた頭に糖分が沁《し》み渡りそうね。喉《のど》が焼けるような酒もいいけど、たまには紅茶に焼き菓子っていうのも優雅でいいわ」

「紅茶、優雅……？　リコリス様が紅茶に添えられているものは、ジャムをウォッカでのばすというより、ほとんどウォッカに近いような……」

首を傾げるミュゲの控えめな指摘は、クッキーを口に放り込むことで聞こえないふりをする。ナッツとチョコレートの相性は抜群だ。

その時、冷たい風が室内に忍び込んだ。

ミュゲは高い位置にある窓を見上げ、僅《わず》かに鎧戸《よろいど》が開いていることに気付く。

彼女が閉めようと動き出す前に、リコリスは制止をかけた。

「あぁ、いいの。結構開けるのに苦労したんだから、あのままで問題ないわ」

「ですが木枯らしが吹き込んで、リコリス様が体調を崩されては……」

「心配してくれてありがとう、ミュゲ。でも大公宮から出られないから、ちょっとくらい外の空気を味わいたいの。あのままで見逃して。それよりあなたも一緒にお茶を飲みましょうよ。同じ魔女なんだし、本物の侍女みたいに振る舞うことないと思うわ」

ミュゲは優しいし好意的だけれど、一定の距離を保たれている気がする。

大公に仕えているから当然かもしれないが、もう少し打ち解けてもいいと思うのに。

彼女は絹糸のような黒髪を揺らしながら、穏やかに微笑んだ。その笑みすら作りもののように、完璧《かんぺき》に。

「お気持ちは嬉《うれ》しいですが、私はリコリス様のお世話を言いつかっております」

「そのリコリス様っていうのも、できればやめてほしいけど」

「丁重にもてなすようにとのことですので」

まるきり定型文のようなやり取りに、リコリスは天を仰いだ。

ミュゲを味方につけることができれば心強いのだが、それはまだ難しそうだ。【追憶の香水】作りにはもちろん協力してくれるだろうが、リコリスとしては大公の思惑やイェールガ公国の内情などを探りたかった。

淀《よど》みなく茶器を片付けていくミュゲに、無謀を承知で訊《き》いてみる。

「なぜ大公は【追憶の香水】を欲しているのかしら？」

「申し訳ございませんが、お答えできません」

用意されていたかのような切り返しに、思わず苦笑いが浮かぶ。

給仕用のワゴンを押して部屋を辞そうとするミュゲの足が、躊躇《ためら》いがちに止まった。

「ただ、一つだけ――……」

ゆっくりと振り返る彼女の瞳が、リコリスを映して揺れる。

「……大公閣下は、恐ろしいことを企てております。きっと、あなたのように朗らかな方には耐えがたい、おぞましいことを……どうか、隙を見てお逃げください」

その忠告は、果たして本心からだろうか。

錠の落ちる音がやけにゆっくりと響いた。

苦悩のにじむ金色の瞳を思い出しながら、リコリスは考える。

今日まで三日をかけ全てのレシピ集をさらったところ、幾つかの走り書きを発見した。

それらをかけ合わせて推測した、【追憶の香水】の効能。

それは、使用者の記憶を呼び覚ますもの。そしてその場で香りに触れた者にも、同一の記憶を視《み》せる効果があるということらしい。

これをどう使えば危険物になるのかは分からないが、フレーゲルが【追憶の香水】を欲する理由がますます謎めいてきたのは確かだった。

大公ともなれば、回りくどいものを欲しがらずとも、知りたいことを直接訊《たず》ねればいいのだ。誰が相手であっても逆らう者はいないはず。

「何か、走り書きにはない用途があるのか……」

ノアは使い方を誤れば凶器になり得ると言っていた。

方向性としてはそういった用途もあり得るかもしれないが、これもまたあの男には必要ないだろう。まして、命を軽視しているというリコリスの直感が正しければなおさら。

今まで、独立闘争の裏に何度かちらついていた、公国の影。リコリスは現在囚《とら》われの身とはいえ、その手の内にいる。

忠告をくれたミュゲには悪いが、これは好機だ。

せっかく向こうから引き入れてくれたのだから、この状況を逆手に取ろう。

リコリスはここで、大公の思惑を探る。

そして並行して、【追憶の香水】についても引き続き調べを進める。フレーゲルを欺くためだけでなく、完成させて大きな切り札とするため。

今の自分にできることを、一つずつ着実に。

リコリスは決意を胸に、再び祖母のレシピ集と向き合った。

◇　◆　◇

凍《い》てつく風に雪片が混じりはじめた西ウェントラース王国、その王宮。

が揃っていた。
国王たるディルストの執務室には、ノアにゼルクトラ、そしてレナルドといった顔ぶれ

リコリスの失踪《しっそう》を片手間に、そして大部分の時間を割いて独立闘争やイェールガ公国との冷戦について調べている、実に薄情な関係者の一同だ。居心地が悪そうに小さくなっているベリルとアルプの姿もある。

多忙な者もいるが、今日は調査の経過報告のため秘密裏に会していた。

まず口火を切ったのはディルストだ。

「会議を円滑に進めるため、報告がある者は挙手をお願いしたい」

「私からいいでしょうか？」

率先して進行を務める彼に応《こた》えたのは、ノアだった。

集まった中で最も怒らせてはならない相手だと、前回の王宮激震事件で身に沁みていたディルストは、決まりごとを律儀に守ってくれる使い魔に胸を撫《な》で下ろした。

「どうぞ、ノア殿」

「ありがとうございます。リコリスがどこにいるかは未《いま》だ不明ですが、動向については多少の情報がありますので共有させてください」

未だ行方が分からないのは真剣に調べていないからだと心の中だけで呟《つぶや》きながら、ディ

ルストは続きを促す。

ノアは、固唾《かたず》を呑《の》んでいるゼルクトラを安心させるように微笑んだ。

「『死の森』の住居に保管してあったエニシダのレシピ帳などが、いつの間にかなくなっておりました。気配なく侵入できるのはラナンキュラスくらいですし、おそらくあの魔女の仕業でしょう。そして他を荒らされている形跡がなかったことから、リコリスが保管場所を教えたと考えられる。これは、リコリスに発言権があり、なおかつそれなりに自由が許されているという証拠ではないでしょうか」

「そうか……やはり予想通り、ただ利用されてばかりではないようだな」

「どこまでもふてぶてしい彼女らしいね」

安堵《あんど》するゼルクトラの奥で、レナルドも頬を緩ませながら憎まれ口を叩《たた》いている。

彼らの発言を聞いていたら、あのお人好《ひとよ》しの魔女は怒り狂うのではないだろうか。

「あちらも頑張っているようですし、我々もさらに調査を進めましょう」

「……ねぇ。何度も訊くようだけれど、私達は本当にこんなことをしていて大丈夫なんだよね？　これ、『実のところ敵は身内に潜んでいた』っていう後々の伏線じゃないよね？」

この中に内通者がおり、リコリスの捜索をかく乱させていると言われた方が、まだ納得できる。異母兄も含め大切な人の行方を探らないのはおかしい。

けれどそう考える常識人はこの場においてディルストのみらしく、ノアは嘆かわしいと言わんばかりのため息をついた。

「失礼ですね。主人のため、身を粉にして働いているというのに。むしろ陛下こそ、不要不急の発言は控えるべきかと」

「ふ、不要不急……」

この場合、ディルストの方が冗談を言っているととられてしまうのか。

どう考えても突っ込みどころは山のようにあるが、賢明な彼はあえて口を噤《つぐ》むということを知っていた。あとはもう、生気の抜けた目で議論の行方を見守るのみ。

次に手を挙げながら口を開いたのは、レナルドだった。

「リコリスが無事でいるのは喜ばしいけど、僕の方からはあまり良くない報告がある。ラナンキュラスの素性が分かった。ベル渓谷の魔女は、代々大公に仕える一族らしい」

トラトアニの屋敷に残していった彼女の荷物から、他の魔女と連絡を取り合っていたと思《おぼ》しき手紙が、何通か発見されたという。

緊急事態とはいえ荷を検《あらた》めたことを堂々と話す青年に衝撃を受けたが、むしろそれ自体は当然のように受け入れているゼルクトラが、情報の出どころに懸念を示す。

「その手紙の内容、本当に信用してもいいのか？　あれは狡猾《こうかつ》な魔女だ。こちらの動きを誘導するため、故意に手紙を置いて行ったのかもしれん」

異母兄の発言に、ノアは神妙な顔付きで顎《あご》を撫でる。

「故意に、という線は大いにあり得ますね。こうなった以上、荷を検められることは予想の範囲内でしょう。どこにでも移動可能な能力を持ちながらあえて残していったという点も実に怪しい。……ですが」

賛同を示しつつ、彼はそこで言葉を区切った。

「あの魔女の前で、我々は散々本性をさらしております。ならば懐疑的に捉《とら》えられることくらい予見していたはず。つまり、それすら織り込み済みで手紙を発見させた……リコリスが公国内にいる可能性を、示唆するために」

ノアの推論に顔をしかめたのはレナルドだ。

「何のために？　直接伝える機会はいくらでもあったろうに、ずいぶんと回りくどい真似をするじゃないか」

「そこまでは分かりませんし、興味もありませんよ。ただ、口にすることのできない理由があった上で情報を与えようとしたなら――はてさて、彼女は誰の味方でしょうね？」

ノアはこれ以上討論するつもりはないとばかり、誰とも目を合わさず口を噤《つぐ》んだ。

使い魔がほのめかす理由とやらも気にならないわけではないが、彼が一旦《いったん》話を締めくくったからには深堀りをしても無駄だろう。

ディルストは中途半端になっていた話し合いを再開させる。

「とにかく、魔女殿がイェールガ公国に囚《とら》われているという推測が濃厚になった、という結論でよさそうだね」

レナルドはこちらに向き直ると、改まった調子で首肯した。

「では、そういうことにしておきましょうか。もう一つ補足ですが、イェールガ公国内に放った密偵によると、大公はあまりいい噂《うわさ》を聞かない人物のようです。領民間では『悪魔と契約をしている大公に我が子を近付けてはならない』とまことしやかに囁《ささや》かれており、かなり恐れられているとか。……もし、ラナンキュラスが大公の命でリコリスをさらったのだとしたら、少々心配になります」

「そ、その通りだね……」

あのノアにすら対等な口を利くレナルドが、自分に対してのみ敬意を払った態度をとるので、ディルストとしては微妙に居心地が悪い。

けれど彼がもたらした情報は思わぬ収穫だった。

イェールガ公国の大公は表舞台に立つ機会が少なく、ドルグント帝国皇帝の実兄であること以外、謎に包まれた人物だ。

熱心な信者以外受け入れないあの国に密偵を放てるレナルドの有能さに、内心で舌を巻く。次期盟主として申し分ない手腕だった。

彼はまた人を食ったような態度に戻ると、ノアに絡みはじめる。

「ねぇ、使い魔君。リコリスは大公の側にいて、本当に無事でいられるのかな？　不穏な噂があることを考えれば、僕達はもっと彼女の身を危ぶむべきだったのではない？」

「俺は、そういった噂の発端はベル渓谷の魔女達にあると思うぞ。代々仕えていたというなら、彼女らの不思議な御業《みわざ》を指していた可能性がある」

「ゼルクトラ様のおっしゃる通りですね。むしろ不穏な噂があるならなおのこと、我々は過去の冷戦について調べを進めるべきではないでしょうか」

レナルドが至極真っ当な発言をしたのに、議論はすぐさま始点に戻ってしまった。これではあまりにリコリスが不憫《ふびん》だ。

他人事《ひとごと》ながら遠い目をするディルストを、ノアが振り返った。

「陛下は、めぼしい報告はありませんか？」

「めぼしいって、大きな収穫がないのはお互い様だろうに。あぁ、先日借り受けた独立宣言書は、兄上のおっしゃる通りやはり不審だね。筆跡は確かに似せてあるけれど、当時の父上の容体を知る身内としては不可能と断じるしかない」

レナルドが自宅から持ち出した独立宣言書は、現在ディルストの手元にあった。

確認したところ、壮健であった頃と何ら変わらない署名があり、調べるまでもなく別人によるなりすましだと判明した。

ディルストにとっての叔母《おば》、ゼルクトラの実母が亡くなってから、先王は見る影もなく憔悴《しょうすい》し病を患うようになった。枯れ枝のように手足がやせ細り、一人では起き上がることさえ困難。食事にも介助が必要で、意識の混濁している日も多かった。

あからさまに胡散臭《うさんくさ》い署名で独立宣言書としての体裁が整っているというのなら、独立宣言などあってないようなものではないか。

いいや。むしろ宣言した側もされた側も、その程度の認識なのかもしれない。

「まぁ、あからさまに不審だけれど、関係者が素直に白状しない限りこの線から真実を探り当てるのは難しいだろうね。母上に、先王の側近のお歴々。我々のような若輩者には聴取すら難しいだろうなぁ」

肩をすくめてみせれば、ノアはゆっくりと目を細めた。

「では、国王の権力をもってしても、めぼしい収穫はないと?」

そこはかとない圧を感じて、ディルストは弱々しい笑みを浮かべた。

収穫はないかと問われれば、あると答える。

リコリスが失踪《しっそう》するより以前から、ディルストは約束通りイェールガ公国を調べていたのだ。冷戦に関する資料にも既に目を通し終えている。

経済や人口の増減、食糧の流れ、果てには出生率まで。

行き着いた不穏な事実が、彼女のためになることを切実に願う。

「私の見解を述べれば、魔女殿の捜索に本腰を入れてくれるかもしれないしね……」

「ですから、リコリスの方は何とかなると言っておりますのに」

ディルストはノアの発言を聞き流し、資料を提示した。

それは、ウェントラース国内における、教会預かりとなった孤児の増減資料。

統計を取りはじめたのは先王で、冷戦前から現在に至るまで、人口の増減と共に記録されている。賢王と称《たた》えられていた頃の名残だ。

「冷戦がはじまったのが、今より十八年前。そこから少しずつ孤児が増えているのが分かると思う。これは、イェールガ公国の経済圧力が、民衆に影響を及ぼした結果といえる」

宗教色の強い国とはいえ、背後には軍事大国が控えている。ウェントラース国の経済は幾つかの国との交易を絶たれた当時、少しずつ逼迫《ひっぱく》していった。

けれど不自然だったのはそこではない。

「資料をさらに読み進めていってほしい。冷戦六年目、それが突然減少し、翌年以降からとても緩やかな増加に変化しているのが分かるかな？」

何か大々的な経済政策が打ち出されたわけではない。

不審に思ったディルストは、さらに綿密な調査を進めた。

男女での差、年齢層。地方別での比較。

「原因は明快なものだったよ。なぜか、孤児がぴたりといなくなった村があったんだ。その周辺の街も不自然というほどではないけれど、ちらほらと。それが――……」

ディルストの指が地形図の上を滑り、北の国境沿いで止まった。

そこは、奇《く》しくもイェールガ公国と接している。

「『悪魔と契約をしている大公に我が子を近付けてはならない』……だったかな。何だか、にわかに真実味を帯びてくると思わない？」

独立闘争の裏に隠されていたものが、少しずつ輪郭を露《あら》わにしていた。

◇◆◇

大鍋《おおなべ》の中、ふつふつと煮詰まる液体。

そこにパラリと材料を足しても確かな手応《てごた》えはなく、むしろ弾《はじ》き返されるような感覚があるばかり。うまく魔力がのっていない証拠だ。

「うぅ、これも失敗だわ……」

リコリスは黒い鉄鍋の前、がっくりと肩を落とした。

大公宮に滞在をはじめてから、一週間が過ぎようとしていた。

レシピ集から拾った僅《わず》かな糸口にすがって【追憶の香水】作りに励んでみるも、今のところ目ぼしい成果はない。調合はかなり難航していた。

調薬の補助を請け負っているミュゲが、苦笑をこぼす。

「また、失敗作が増えてしまいましたね」

彼女の視線の先には、一抱えほどの木箱でできた塔。部屋の隅に積まれたそれらにはこれまでの試作品が詰まっており、今やそれなりに視界を占領する存在感となっていた。

「あまり落ち込まないでください。きっと次はうまくいきます」

「それより、私の寝床がなくなる方が先かもね……」

ミュゲの励ましに、リコリスは乾いた笑みで返した。

着想は悪くないと思っている。

世界で初めて販売された香水は、『ケルンの水』というもの。

爽《さわ》やかな柑橘類《かんきつるい》をベースに、殺菌効果のあるローズマリーとラベンダーなどを配合しており、元々は胃薬など内服薬として使われていた。

ハーブと高純度の酒精を蒸留して作られる香水は、香油などに比べてまだ歴史が浅い。『ケルンの水』のレシピが祖母の手記に残っていたことからも、【追憶の香水】はこれを基に作られている可能性が高いはずなのだ。

それなのにリコリスは、蒸留したハーブ水にそれらしき効能の薬草を混ぜ合わせてみては、失敗を繰り返している。

「何かが足りないってことよね……。ローズマリーは記憶のハーブだし、ラベンダーには清めの効果がある。フランキンセンスで直感力が冴《さ》えれば、対象の記憶に滑り込むこともできると思ったんだけど……」

「そもそもフランキンセンスは、焚《た》くことで効果を得られるものですからね」

「次はサンダルウッドも混ぜてみようかしら。ここは材料が豊富に揃ってるから、色々な調合を試せるのがいいところね」

必要になりそうな材料はフレーゲルが用意しているため、懐が痛むこともない。調薬をするには最高の環境といえた。

――とはいえ、そろそろ本気で失敗作の処分方法を考えるべきよね……。

この一週間は大人しくしていたが、もう動きはじめてもいい頃だ。フレーゲルについても調べておきたい。

失敗した調合法を文書にまとめつつ今後の方針を考えていると、ミュゲが口を開いた。

「すぐにでも逃げた方がいいと、言いましたのに……」

手を止めて見上げた彼女に表情はない。

だから、何を考えての発言なのか、やはりリコリスには推し量るしかできなかった。

開いた窓から隙間風が忍び込み、パチパチと暖炉の火が爆《は》ぜる。室内に立ち込める沈黙を和らげようとするかのごとく、やけに響く。

リコリスは、あえて何てことなさそうに肩をすくめた。

「大丈夫よ、私には奥の手があるから。使い方を誤れば自我を壊すようなものを欲する理由が気になるし、それに依頼は依頼だしね」

「そもそもリコリス様には、大公の命に従う義務などありません」

「だけどこうして見張りもいるし」

ミュゲがぐっと押し黙った。

意地悪な言い方をしすぎたかもしれない。

たとえばミュゲが、リコリスの行動を逐一フレーゲルに報告したとして。命令に従っているだけの彼女に、全ての非があるわけではないのだ。

彼女自身が何を考えリコリスの側にいるのか、それは分からない。優しさは表面上のものので、案外ラナンキュラスのように毛嫌いされているかもしれない。

だとしても、決まりきった言葉や機械的な笑顔に、大公に仕え続ける一族の悲哀を想像せずにいられないのだ。

彼女達は何をさせられてきたのだろう。ラナンキュラスから向けられる憎しみも、自らを取り巻く環境との落差ゆえのものだろうか、と。そこに敵も味方も関係なかった。

嫌うも憎むも、好むも喜ぶも。

彼女達に本当の意味での自由など——あるのだろうか。

「……大公は、あなた達を尊重してくれる?」

ミュゲの本心が知りたかった。

答えが返ってくるとは思っていない。

それでも心の奥に隠した感情を見逃すまいと、リコリスはじっと彼女を見つめる。

ミュゲは、金色の瞳《ひとみ》を揺らすことなく、ただひっそりと笑った。

「やはり……あなたはここから逃げ出すべきです。こんな寒々しく暗い場所、あなたには似合わない……」

全てを諦《あきら》め、期待しないことに慣れきってしまった笑み。

それを見て腹が決まった。

リコリスは突き動かされるよう、衝動的に立ち上がる。力強い足取りで近付いたのは、部屋の隅にうずたかく積まれた木箱。

「リ、リコリス様？」

困惑するミュゲに、木箱を抱えたリコリスは大胆不敵な笑みを返した。

「失敗作の処分方法を思い付いたわ。もちろん、ミュゲもついて来るわよね？」

何が何だか分からないだろうに、彼女は呆然《ぼうぜん》としたあと、慌てて頷《うなず》いた。

側仕えの役割を完璧《かんぺき》にこなそうというのか、その後なぜかミュゲに木箱を奪われながらも、リコリス達は石造りの回廊を歩いていた。

リコリスが閉じ込められているのは離れの塔らしく、そこから延々と華やかさの欠片《かけら》もない道が続いている。絨毯《じゅうたん》も調度もないのは、向かう区画の性質にも起因していた。

すれ違う使用人の数が徐々に増えていき、隣を歩くミュゲはおろおろとしている。

「あの、本当に、お客様をお通しするようなところでは……」

「客っていっても、私はあんたと同じ魔女よ。何ならあんたより腕力もあるだろうから、重いものを押し付けるのはやっぱり申し訳ないわ」

「し、失礼ですっ、私の方が絶対力がありますからね！」

「失礼って何が？」

液体入りの瓶が詰まった箱はそれなりに重いのに、気遣いから取り返そうとしたら逆に怒られた。本当になぜだ。

リコリス達は、雑然とした部屋の前で足を止めた。

ここは、使用人達が働く区画。続きの間が厨房《ちゅうぼう》になっており、手前は使用人達の休憩所兼食堂となっているらしい。昼食の時間はとうに過ぎているが、食堂はそれなりに賑《にぎ》わっていた。中にはお喋《しゃべ》りに興じる侍女達もいる。

リコリスは食堂に足を踏み入れる直前、くるりとミュゲを振り返った。

「私は大公についての情報を聞き出すから、邪魔しないでね。その間あんたは、魔女じゃない同年代の女の子達と、ちょっと話してなさい」

社交は苦手分野だが、ちょうど『ケルンの水』が余っている。

魔力の宿らぬ失敗作だろうと香水には変わりないのだから、需要はあるはずだ。これを配ればきっとうまく近付ける。

リコリスは使用人の噂話《うわさばなし》を仕入れられるし、ミュゲには親しい友人を作るいい機会となる。完璧な作戦だった。

「あ……」

ささやかな配慮に気付いたミュゲが何か言いかけるのを待たずして、リコリスは食堂内へと踏み入った。

楽しそうに話していた侍女達は、魔女の登場に顔を強《こわ》ばらせて黙り込む。

宮内に魔女がいることを把握していても、顔を隠したままでは恐ろしいだろう。リコリスはごくりと喉《のど》を鳴らしながら、勇気を出してフードを外した。

「きょんにちは。『ケルンの水』って知ってるかしら？」

辺りの空気がしん、と冷え込んだ。

リコリスは内心羞恥《しゅうち》にのたうち回る。

――引き籠《こ》もり大爆発……っっ。

噛《か》んだ。大事な初対面の挨拶《あいさつ》を、噛んでしまった。

しかも相手から反応がないのにいきなり用件を切り出すなんて、完全に距離の縮め方を間違えているではないか。さらには偉そう。

頭の中を様々な感情が渦巻く。

トラトアニ領の酒場で店員に声をかけた時は、ノアとゼルクトラがいてくれたおかげでうまくいっただけなのか。顔を隠さずリコリスとして接触を試みたのがまずかったか。ミュゲに自信満々の態度をとったくせにもう帰りたい。

ぷるぷると打ち震えるリコリスだったが、侍女達はぎこちなく顔を見合わせはじめた。

「あ……えっと。大公閣下がお招きしたという、魔女様ですよね」

「その、初めてお目にかかります。『ケルンの水』についてのお話だったでしょうか？」

「『ケルンの水』、存じ上げております。高価なものですし、このイェールガ公国にはあまり出回っておりませんが」

三人の侍女は、恐る恐るといったふうに口を開いた。

もうすぐ二十歳になるというのに、おそらく年下だろう少女達に気を遣われている。ミュゲまでもが気を利かせて木箱を差し出してきた。消えたい。

とはいえ、受け入れてもらえたことに感謝だ。寒いはずなのににじんでくる汗を拭《ふ》きながら、リコリスは勧められた椅子に座った。

「あの、改めてこんにちは。私は『死の森』の魔女よ。実は大公の命令で秘薬を作っているんだけど、その副産物として『ケルンの水』が大量にできてしまって。品質は保証するから、ぜひもらってほしいの」

失敗作を副産物と偽ったリコリスに、ミュゲが物言いたげな視線を送ってくるけれど、徹底的に気付かないふりをする。

矜持《きょうじ》の問題でもあるし、受け取る側の心証という面もある。

侍女達は再び互いを見合いながらも、紅潮した頬は喜びを隠しきれていない。リコリスは確かな手応《てごた》えを感じた。

やがて、右端の少女が控えめに申し出る。

「あの……もし本当にいただいていいのなら……」

リコリスは笑顔を心がけ、即座に頷いて返した。

「もちろんよ。『ケルンの水』の配合の種類は幾つかあるから、好みの香りをゆっくりと選んでちょうだい。あ、まだ時間はある？」

「はい！　ありがとうございます！」

「魔女様方、よろしければお茶をお淹《い》れいたしますが……」

「嬉《うれ》しいわ。いつも出してもらってる紅茶と焼き菓子、おいしいわよね。私はイェールガ公国に来たのは初めてだから、珍しくて驚いたもの」

「まぁ。わたくし達にとっては慣れ親しんだ味ですので、お口に合ったようで何よりですわ。よろしければ、クッキーもお召し上がりになりますか？」

素早く動き出した侍女達からも、打ち解けた笑みがこぼれはじめる。

地元の味を褒められて嫌な気分になる者はいない。

普段使い魔に呆《あき》れられてばかりの食への信条が、場に溶け込むために一役買ったことは
リコリスとしても気分がよかった。

食堂の片隅で、ささやかな茶会がはじまった。

紅茶とクッキーをひとしきり楽しんでから、入念な香水選びに移る。少女達は、他の使
用人の迷惑にならないよう、ガラスの蓋《ふた》を少し開けて香りをかいでいった。

こっそり動いていても、興味がありそうな顔で近付いてくる者はいる。そういった使用
人達も容赦なく巻き込んでいくから、次第に周囲は結構な賑わいになった。

「何だか甘いような香りが……」

「それは、香にも使われるハーブが入っているからよ」

「魔女様、こちらのものは？」

「悪いわね。今こっちの手が離せないから、暇そうにしてるもう一人の魔女に訊《き》いて」

「あ、えっと……この香りはおそらく、基本となるベースに、サンダルウッドとジュニパ
ーを配合しているかと……」

リコリスとミュゲは取り囲まれ、散々質問攻めにあった。どのようなハーブが使われて

いるのか、効能は何なのか、少女達の好奇心と欲望には際限がない。

心を落ち着かせるもの、恋を叶《かな》えるハーブが混ざったもの、成功を掴《つか》めるもの。金運を高めるクローヴが入ったものを選んだ少女もいて、正直さと豪気さに笑ってしまった。

「あの大公閣下が、恋愛成就や金運向上の香水を魔女様にご依頼されたなんて、わたくし何だか信じられませんわ」

木箱の中身が全てさばけたあと。

淹れ直した紅茶を囲んでいる時、一人の侍女が呟《つぶや》いた。

「大公の名誉のために言っておくけど、一つの薬草にも様々な効能があるのよ。それらをかけ合わせて秘薬を作るのが、私達魔女の仕事なの」

すっかり緊張を解いたミュゲに視線を移せば、彼女は小さく頷いた。

「恋を叶えるローズマリーには浄化の力もありますし、安眠や泥棒よけ、記憶力の向上などにも効果があるんです」

「まぁ、知らなかった。普段食事に使われているハーブにも同じ効能はあるのかしら?」

「秘薬とは比べられませんが、全く効果がないとも言い切れないですよ。それが古くから伝わる、おまじないというものです」

ミュゲの言葉に、侍女達はそれぞれ感心していた。

純粋であどけなく、汚いことなど何も知らぬげに笑っている。ミュゲが『おぞましい』と評するフレーゲルの企てなど、知る由もないのだろう。

そろそろ核心に斬り込めそうだと、リコリスは何気なく発言してみる。

「その大公だけど、他国ではあまり噂《うわさ》を聞かなかったわ。確か、ドルグント帝国の現皇帝と兄弟なんだっけ？　後ろ盾もあるし裕福だし、もう少し若ければ狙い目だったわよね」

一瞬の沈黙のあと、侍女達は弾《はじ》けるように笑い出した。

「もう少しって、閣下は今年で七十六歳ですよ。私達の世代でお手付きを狙う人がいるとは思いませんでした」

完全に冗談と受け止められているので、軽口で乗じる。

「そうかしら。でも、二世代前くらいなら、結構狙う人も多かったんじゃない？」

「いやいや、無謀すぎるわよ。正妃と側妃が合わせて十二人もいらっしゃるのに」

「血縁を認められていない者も合わせると、お子様やお孫様は百人以上もいるらしいわ。正確な人数は誰も把握していないとか」

声を潜めた侍女達の噂話は、際どいものになっていく。

「えー、私は二百人以上って聞いたわよ」

「才能のあるお子だけ、ドルグント帝国の皇城で働かせているらしいわ。皇帝陛下には未《いま》だお世継ぎがいらっしゃらないから、帝国の後継を輩出したいんじゃないかって」

「あぁ、だからなのね。女性の場合は大抵嫁いでいるだろうから当然だけれど、閣下と血縁のある男性も、この宮内ではあまり見かけないもの……」

「────みなさん」

冷ややかな声を浴び、度を越しかけていた侍女達が静まり返る。

さほど大きくもないのに、ミュゲの声音には無視のできない迫力があった。

彼女は無から一転、穏やかな笑みを浮かべてみせる。

「……私達の都合で長く引き留めてしまいましたが、お仕事の方は大丈夫でしょうか？」

時が止まったかのように動きを止めていた少女達は、ぎこちなく時計を見上げる。時間を確認した途端、にわかに慌て出した。

「あら、いけない！」

「楽しくてつい時間を忘れておりました！　魔女様、ありがとうございます！」

「わたくし達はこれで失礼いたします。『ケルンの水』、大切に使わせていただきます！」

侍女らしい振る舞いを思い出した少女達が、暇《いとま》を告げてから食堂を飛び出していく。その忙《せわ》しなさを背中で聞きながら、リコリスはミュゲから目を逸《そ》らさなかった。

彼女は、常と変わらぬ様子でこちらを見返し続けた。

夜は、ようやく一人の時間だ。

昼間のミュゲの不自然な態度を思い返しながらもベッドに体を預ければ、寒さなどものともせずに眠気がやって来る。

数度の調薬に、慣れない人付き合い。今日は少し疲れた。

引き込まれるように眠ったリコリスは、いつの間にか不思議な空間に佇《たたず》んでいた。

先の見通せない、白いもやがかかった場所。見覚えのない景色だし、何かが起こるという気配もない。ただ、夢を見ているという実感だけはある。

リコリスは唐突に理解した。

「あぁ、これがそうなのね……」

しばらく何もせず待っていると、突然正面のもやが何かをかたち作っていく。

ぎゅっと凝縮したかと思えば、それは見慣れた姿になった。

『こんばんは、リコリス』

子どもの姿をしていても、何だかんだ頼りになる相棒。実にいつも通りの笑みを浮かべた――使い魔のノアだ。

この万能すぎる使い魔の実力を思えば、一週間は長すぎる。

リコリスは半眼になって文句を言った。

「何がこんばんは、よ。ちょっと遅すぎるんじゃない？」

『位置の特定に手間取りまして。ですが、元気そうで何よりです』

「位置の特定ね……どうせ頑張ったのはあんたじゃないでしょ？」

その時、嘆息をするリコリスの眼前に、我慢できないとばかりに飛び出してくる小さな影があった。

帽子をかぶった、若干手足の短い愛らしい灰色猫。

『やっと……やっとこの辛《つら》さを分かってくれる人が……！』

「アルプ！」

『会いたかったよぅ、魔女の姉ちゃん！』

泣き声を上げながらしがみ付いてきたのは、妖精《ようせい》アルプだった。

ここは、アルプが見せる夢の中。悪夢を操る妖精ならば特定の夢と夢を繋《つな》げられるのではと思っていたが、どうやら予想通りだったらしい。毎日寒い思いをしてまで窓の鎧戸《よろいど》を開けていた甲斐《かい》があった。

「ありがとう。あんたが助けに来てくれるって信じてたわ」

もふもふの毛並みにこっそり癒《い》やされながらも感謝を告げると、アルプはぽろぽろと泣き濡《ぬ》れた顔を上げた。

『姉ちゃんのためだし、ベリルの兄貴からも頼まれたから頑張ったけど、この人間ひどいんだぜ！　自分は命令するばっかりのくせに、おいらがちょっと休もうとしただけで怒ってさぁ！　どんだけこき使われたか……！』

「あー……」

可哀想《かわいそう》だが、リコリスも彼の働きに期待していたためノアを叱りづらい。

この使い魔は使えるものは王族だろうと容赦なく使う性分なので、その場にいたアルプもしっかり巻き込まれているだろうというのは、もはや確信だった。

『うぅっ……やっぱり人間って怖《こえ》ぇ……』

「あー、このただごとじゃない圧を感じないならある意味幸せ……いや、うん。人間だろうと魔物だろうと、恐ろしいものは恐ろしいわよね……」

あまり言いすぎると、人間と勘違いしている恐ろしい存在に何をされるか分からない。

リコリスはアルプの背中を撫《な》でてあやした。

やり取りを見守っていたノアが、不穏に笑みを深める。

『そちらは未熟者なので、ラナンキュラスとイェールガ公国が繫がっているという情報をレナルド・トラトアニから得られなければ、あなたの位置特定にはさらなる時間を要していたでしょうね。そしてやはり未熟ゆえ、それほど長く夢を繫げられないそうですので、手短にいきましょうか』

怒涛《どとう》の勢いで毒づかれ、腕の中でアルプが震えた。

灰色猫の愛らしさも相まって、どんどん庇護《ひご》欲が湧いてくる。

「ノア。いちいちアルプを傷付けるの、やめてあげてくれる？」

『リコリスがそうして庇《かば》うほど嫉妬《しっと》ではち切れそうです』

「完全に嘘でしょ。あんた今、すごくいきいきとしてるわよ」

もう何度、彼のキラキラとした笑みを見てきたことか。リコリスだけは使い魔の完璧《かんぺき》な笑顔に騙《だま》されてはならない。

けれど、長く夢を繫げられないというのは事実らしい。アルプはどことなく申し訳なさそうに見上げてくる。

リコリスは安心させるための笑みを返してから、すぐ本題に入った。

「レナルドの情報、って言ってたわね。あいつと協力してるなんて意外だわ」

『国王陛下もゼルクトラ様も尽力しておりますよ。あなたの方は？』

ゼルクトラの名を聞いて、胸が僅《わず》かにざわついた。

初めて知った冷酷な一面に不安を覚え、手を振り払ってしまったこと。あれ以来顔を合わせていないから、あの時の後悔は胸にくすぶり続けたままだ。

今は落ち込んでいる場合じゃないと、リコリスは首を振って気持ちを切り替える。

「……やっぱりフレーゲルは、何らかのかたちで独立闘争に絡んでいる気がするの。恐ろしい企てをしてるらしいし、私はしばらく大公宮に留《とど》まるつもり。とりあえずの安全は保障されてるから、心配しないで」

互いの近況を素早く確認すると、ノアは思案げな表情になった。

『独立闘争……分かりました。我々もウェントラース側から調べを進めましょう』

『……ずっとそればっかり調べてるくせに』

真面目な顔で頷《うなず》く使い魔に、なぜかリコリスの腕の中から反論があった。顔を上げないままボソリと呟いたのはアルプだ。

途端、ノアの完璧な笑顔がさらに輝きを増し、リコリスは謎の寒気に襲われた。

両者間に流れる空気に異変を感じたけれど、本能が触れてはならないと告げている。

夢の中なのに青ざめているだろうリコリスに、あっさりと切り替えたノアが続ける。

『これはたまたま仕入れた情報らしいのですが、レナルド・トラトアニは、大公は領民に恐れられているとも聞いたそうです。リコリス、くれぐれも油断だけはしないように』

領民間でまことしやかに囁《ささや》かれている噂があるという。

その内容を聞いて、リコリスは昼間の違和感を思い出した。

「『悪魔と契約をしている大公に我が子を近付けてはならない』……か。そういえばこっちでも、大公の血縁にあたる男性を、宮内で見かけないって噂を聞いたわ」

ミュゲがあからさまに話を遮ったのは、そこにフレーゲルの秘密があるからかもしれない。さらわれた当日以降未だに会っていないけれど、知れば知るほど怪しさが募る。

考え込んでいると、不意にノアの姿が揺らいだ。

終わりの時が近いのだと気付いたリコリスは、他にも訊《き》かねばならないことがあったのだと思い出す。

「そうだ。【追憶の香水】について、ノアはお祖母《ばあ》ちゃんから何か聞いてない？　大公はそれが目的らしいんだけど、レシピが遺《のこ》されてなくて」

『大公が……？　あれは危険です。【追憶の香水】は――……』

「分かってる。使い方を誤るな、でしょ。でも作るわよ。それが私の安全にも繋がってるし……何より、私自身が作りたいの」

使いようによっては危険なもの。

使い魔の忠告を理解した上で、それでも必ず完成させるつもりだった。

リコリスの決意を見てとったノアは、諦《あきら》めるようにため息をついた。

『……分かりました。ですが、単独での暴走は禁止します。定期的に連絡をとれるようにいたしますので、完成したらすぐに報告してください』

揺らぐ使い魔の影が、消えそうに薄らいでいた。先ほどまでは実体を伴っているとすら感じたのに、今は絵画でも見ているように遠い。

ノアは、躊躇《ためら》いがちに唇を動かした。

『あのエニシダなら……必ず、あなたにレシピを遺しているはずです。もう一度、手記やレシピ帳を……みて……』

声まで聞こえづらくなってきたので、リコリスはいっぱいに笑って見せた。

「ありがとう。ノア」

『とにかく……扱いは……慎重に――……』

ぎりぎりまで小言を続けるノアの姿が、掻《か》き消える。

同時に腕の中の温《ぬく》もりも消え、夢が途切れた。未《いま》だ覚めやらぬ余韻に浸ったまま、リコリスは天蓋《てんがい》を見上げている。

「本当に……いつまで経っても子ども扱いなんだから……」

おかしくなってひとしきり笑い、温かな胸を押さえる。

絶対に捜してくれると信じていたけれど、こうしてノアの姿を目の当たりにすることで、ようやく安堵《あんど》が込み上げてくるようだった。

心強く、頼りになる仲間達。

こちらが彼らを信頼しているように、リコリスも確かに信頼されているのだ。そのことがひどく嬉《うれ》しい。

リコリスは新たな気持ちで、フレーゲルに立ち向かえるような気がした。

◇◆◇

元々リコリスは、祖母が記した全ての書物に目を通している。

それも修行の一環だった。

祖母が存命だった頃から何度も繰り返し、知識を五感の隅々まで行き渡らせる。体で覚えていられるように、決して失うことのないように。

アルプの夢を通してノアと話した翌日から、リコリスは祖母の書物を再び手に取った。

調薬の手伝いも断り、与えられた部屋で朝から晩まで読みふける。

【追憶の香水】に関する記述をさらうという明確な目的もないため、思いがけず読書を楽しむこととなった。

ミュゲがいつの間にか紅茶や軽食を用意してくれるし、暖炉の薪もきらさないよう気にかけてくれているようだった。外の寒さを感じることもない贅沢《ぜいたく》な時間。

祖母の手記には、調薬についての着想や雑感が走り書きされている。それを古い順から紐解《ひもと》いていくことで、気付いたことがあった。

あくまで薬草関係に終始していた内容に、リコリスの名がちらほら紛れるようになるのだ。少しずつ温《ぬく》もりがにじんで、手記というより日記に近くなっていく。

『またノアと喧嘩《けんか》をしている』『【忘れ薬】ケシの実七個？』『夜の静寂が愛《いと》おしい』『優しい子だからいつか他人のために傷付くのでは』『パンケーキのジャムばかりを食べなくなる方法とは』『どうか、その名の通りノアが安息を得られるよう』――思わずクスリとしてしまうものから、涙を堪《こら》えねばならないものまで様々に。

思えば一度に全てを読んだことなどなかったかもしれないが、それは意識的に遠ざけていたからだ。失った愛情を思い、胸が詰まるから。

そうして全ての書物を読み終えたのは、三日目のことだった。

リコリスは最後の一冊を閉じ、ベッドに仰向《あおむ》けに転がる。

「お腹空《す》いた……今は夜、かしら……」

いつも通りほんの少し開いた鎧戸《よろいど》からは、暗闇が忍び寄っている。夕食の時間が近いのなら、ミュゲが何かしらの食事を運んでくれるだろう。

むくりと起き上がったリコリスは、黒革の装丁の本を手に取った。

「一つだけ違和感があるとしたら、これね」

ノアの助言を信じて読み込んでみた結果、気になることがあった。

祖母の遺した書物は、レシピ集であれ手記であれ、きっちり一冊にまとめられていた。

それなのにこの手記だけは、最後のページで説明も何もかも中途半端なまま、文章が途切れているのだ。

「『依頼内容　の香水は』……仕事に関する記述だし、お祖母ちゃんの文章の癖から考えると、これで終わりとはどうしても思えないのよね……」

しかも、続くはずの手記はどこを探しても見当たらないのだ。ラナンキュラスに手配を任せたけれど、取りこぼしがあるとも思えなかった。

黒革の装丁の手記も、内容は他のものとそう変わらない。

書き出しは『追憶　にふける月夜』『ケルンの水に　興味を示すも子どもには香りが強すぎたらしい』『ゴマを十粒散らす　のがリコリスの好むクッキー』『魔力の宿る髪　大切

にしなければならない』といった、日常をつづったもの。

――ただ、違和感をもって見ると、文章間にある少しの隙間が気になる……。お祖母ちゃんは几帳面《きちょうめん》な人だったから、他の箇所には空きなんてないのに……。

これが、手がかりなのだろうか。

リコリスはしばらく、手記とにらめっこをする。

扉の開く音がしたのはその時だった。

ミュゲは了承も得ず入室などしない。嫌な予感がして、リコリスはベッドを飛び降りて扉から距離をとる。

誰かが夕食を運んできただけであれば。

そんな淡い期待は、扉を掴《つか》むシワだらけの手を見た途端消し飛んでしまった。禍々《まがまが》しささえ感じる、歪《ゆが》んだ空気。

「――秘薬は、まだなのか……」

心臓が縮まる心地だった。

以前対峙《たいじ》した時よりしわがれた、ぞっとするほど低い声。

「大公……？」

フレーゲルはまるで別人だった。

老いを感じさせるものといえば白髪とはりを失った肌くらいだったのに、見上げねばならなかった長身はすっかり腰が曲がっている。艶《つや》のない髪に、カサカサに乾いた皮膚。削《そ》げた頬はいっそ病的なほどだった。

フレーゲルは、毛皮で縁どられたマントを重そうに引きずりながら部屋に侵入する。

「【追憶の香水】はぁぁぁぁ……まだできないのかぁぁぁ……」

がらんどうの口を、おぞましい声が反響する。

後ずさる背中に冷たい壁が当たった。

暗い、暗い部屋に大公と二人きり。どこにも逃げ場がない。

一歩進むごと、フレーゲルの体がどす黒く変色していく。すぐに皮膚が腐りはじめ、白髪は頭皮ごとこそげていく。

びちゃびちゃと不快な音を立てて落ちた肉片が、絨毯《じゅうたん》にシミを作った。眼球がこぼれた眼窩《がんか》も真っ暗のがらんどうだ。

壮絶な光景を前に体が動かない。

「早く、早くしなければぁぁぁ……」

鼻をつく腐臭が近付いてくる。

急いで逃げなければならないのに。どれほど焦っても、地面に縫い付けられたかのように足が動かない。

もはや人のかたちを成していないヘドロの塊を、ただ見つめるしかなかった。蜘蛛《くも》の巣に捕らわれた蝶《ちょう》のように、なす術《すべ》もなく。

「欲しい欲しい欲しい欲しい欲しいほしいほしいほしいほしいほしぃぃぃぃぃ――……」

「――っいやぁ――――――っっ!!」

自らの絶叫でリコリスは飛び起きた。

しんと静まり返った部屋の中、乱れた呼吸がうるさく響く。

ベッドの上、ここにはリコリス以外の誰もいない。素早く確認した扉はしっかりと閉じられている。

夢、だったのか。

手記を読んでいる内に、いつの間にか眠っていたらしい。

冷や汗が喉《のど》を伝っていく。余韻から覚めやらない体はまだ震えていた。

それでも、頭の片隅はどこか冷静だ。

魔女が視《み》た夢を、ただの夢で片付けてはならない。魔力ゆえの警告夢だとしたら、そこには必ず何か意味があるはずだった。

ずっと姿を現さない大公。忌避感を誘う独特の気配。侍女から聞いた噂《うわさ》。なぜ【追憶の香水】を求めるのか。

震えを無理やり抑え込んでいると、扉の開く音がした。

リコリスの体が反射的にすくむ。

目の前で、重々しい音を立てながら扉が開いていく――。

「……あぁ、リコリス様。集中なさっておりましたのに、お邪魔をしてすみません。食事をお持ちいたしました」

「ミュ、ミュゲ……」

そういえば、読書に没頭している間、ミュゲは気配を消して身の回りの世話をしてくれた。勝手に入室するのも当然だった。

ベッドに倒れ込むリコリスに不思議そうな顔をしつつも、彼女はてきぱきと食事の準備をしていく。あまりにいつも通りで、速くなった鼓動も次第に落ち着いていった。

「いつもありがとう、ミュゲ。ちょうど誰かといたい気分だったから、よければあんたも一緒に食べてくれない？」

「まぁ、何をおっしゃるやら。夕食の時間はとうに過ぎておりますので、私は既に十分食べました。こちらはお夜食ですよ」

「うげ。ということは、もう深夜なの？」

「そんな悲愴《ひそう》な顔をしないでください。お茶くらいならお付き合いしますから」

何だかんだ言いつつ、ミュゲは二人分の紅茶を用意しはじめる。

リコリスは大いに感謝しながら、サワークリームとスモークサーモンの黒パンサンドイッチをぺろりと平らげた。


ミュゲと話すことで一応は気持ちが安定したものの、再びベッドに入ると不安に襲われる。また恐ろしい夢を見るかもしれないと、リコリスはなかなか寝付けずにいた。

それでも抗《あらが》うことができず気付かぬ内に眠りに引き込まれそうになった矢先、全てが取り越し苦労だったことに安堵する。

先の見通せない、白いもやがかかった不思議な空間。夢の世界だという確かな実感。白いもやがかたち作る見慣れた姿に、彼にしては珍しく空気を読んでくれたものだと、笑みさえ込み上げてくる。

リコリスは程よい距離を保って声をかけた。

「今度はあんたなのね、ゼルクトラ」

前回のようにアルプの姿はなく、ゼルクトラは無表情のままリコリスを見つめている。ひどい別れ方をして以来なので、普段のリコリスならば気が動転していただろう。なぜこういう時に限ってノアはいないのかと悪態をついていたかもしれない。

――そういえばあの薄情者は、この男の冷酷さを知ってたのかしら。そりゃそうよね、あれだけ仲がよかったんだから……。

再会した時の文句が増えたと内心穏やかでないリコリスに、ゼルクトラは断罪でも待つかのように目を伏せた。

『……やはり、怖いか』

彼から漂う深刻な雰囲気に、一瞬何を言われたのか分からなくなる。

リコリスは我に返ると慌てて否定した。

「いやいや、怖がってたら自分から声なんかかけないわよ。申し訳ないけど、そんなこと今はどうでもいい感じだから」

どうでもいいは失礼すぎるかもしれないが、実際リコリスはそんな心境だった。そもそもどこがいけなかったのか、とうに反省は済んでいる。

ゼルクトラは思いもよらなかったようで、限界まで目を見開いていた。

『どうでも、いい……』

「悪い方に誤解しないでよね、ちゃんと謝らなきゃって思ってたって話。確かにあんたは冷たい一面を隠してたかもしれないけど、取り繕うのって当たり前のことじゃない。誰もが本音だけで生きてるわけじゃない。それに、冷たいだけがあんたの全てでもない」

冷酷な面はあくまで一部。

色々なことに無頓着《むとんちゃく》で、自らの境遇と重ね合わせているのか、なぜかリコリスを慕っている。酒を飲みながら黙々と甘いものを頬張るのも、空気の読めない発言で周囲を困惑させるのも、丸ごと全てがゼルクトラなのだ。

頼りなく眉尻《まゆじり》を下げる様子はよく知る不器用な彼そのもので、リコリスはやはり笑みが込み上げてくるのだ。

「悪かったわね。もう、あんたを怖がったりしないわ」

『……俺の方こそ、すまなかった。隠していたのは、嫌われるのが怖かったからだ』

「じゃあお互い様って感じね。はい、これで仲直り」

『……軽いな』

ずっと情けない顔をしていたゼルクトラが、堪《こら》えきれないように噴き出した。

『リコリスには敵《かな》わない。悩んでいたことが馬鹿馬鹿しくなってくる』

「私にとってあんたは、魔女って肩書きに怯《おび》えない貴重な友人なのよ」

青灰色の瞳《ひとみ》が柔らかく細まるのを見て、リコリスまで嬉《うれ》しくなってくる。この控えめな笑顔が好ましいからこそ、失いたくないのだ。

『俺にとってもリコリスは、ただ一人の特別な魔女だ。いつも酒ばかり飲んでいるから、時々その肩書きを忘れそうになるが』

「魔女のサバトがどんな饗宴《きょうえん》か知らないの？　私みたいなのがうようよいるそうよ」

『魔女には酒豪しかいないのか……』

一体どのような魔女なら彼の理想なのか。

初めて会った時も魔女はほうきで空を飛ぶものと誤解していたし、世間の認識との差異は埋めようがないのだろうか。

魔女は万能ではない。魔法には制限があるし、我が身に跳ね返ってくる呪術《じゅじゅつ》などは特に慎重に扱うものだ。秘薬作りに失敗することだってある。

巡る円環の中で、自然と共に生きるのが魔女。古き伝承や知識を守りながら日々を営んでいるにすぎない。

「――あ……」

大事なことが分かった気がする。

小さな糸口にすぎないかもしれない。けれどリコリスには、これさえ握り締めていれば絶対に大丈夫という確信があった。

勢いよく顔を上げると、ゼルクトラの姿が先ほどより薄らいでいる。

しまった。ほとんど情報のやり取りをしないまま、夢が終わってしまう。

咄嗟《とっさ》に彼の手を摑《つか》むも、夢だからか感触はなかった。夢を操っているアルプ以外は実物ではなく、全て幻なのだ。

「あの、ゼルクトラ。たぶん私、【追憶の香水】を作れると思う。明日には完成するだろうって、ノアに伝えてほしいの。仕上がり次第私は動くわ。ベリルにもアルプにも協力してほしいことがあるから……」

リコリスはとにかく手短に説明をした。

伝え漏れはないか、聞いておきたいことはないか、頭を全速力で回転させていると、ゼルクトラがしっかりと手を握り返した。感触などないのに、なぜか力強く感じる。

『リコリス、必ず迎えに行く』

揺るがぬ瞳に射貫《いぬ》かれ、心が鎮まっていく。

大丈夫。側にはいなくても、リコリスには仲間がいる。

癖しかない使い魔と、思考が斜め上すぎて話が嚙《か》み合わない王兄。今は宿敵であるトラトアニ領次期盟主とも協力体制にあるというし、ウェントラース国王もついている。何とも豪華な布陣ではないか。

リコリスは不敵な笑みを浮かべてみせた。

言わねばならないことは多々ある気がするけれど、結局伝えたいのはこれだけ。

「……私が帰ったら、ゆっくり酒でも飲みましょう」

リコリスらしい一言を最後に、夢は途絶えた。ゼルクトラの破顔が見えたような気もするけれど、一瞬のことなのでそれこそ幻かもしれない。

夜が明けるような時間ではないらしく、目覚めた部屋はまだ薄暗い。

それでも悪夢への恐怖は綺麗《きれい》さっぱりなくなっていて、リコリスは安堵《あんど》を胸に再び目蓋《まぶた》を閉じることができた。

◇◆◇

ミュゲが手伝いを申し出たけれど、リコリスは材料の用意から一切を断った。

使い方を誤れば命の危険があるかもしれないものを、同じ魔女には教えられない。大公の手足であるという以前に、彼女には不安定な部分がある。

リコリスは集中力を高めながら、竈《かまど》の大鍋《おおなべ》と向き合う。

これから、【追憶の香水】作りをはじめる。

レシピはやはりあの手記の中にあった。


『追憶　にふける月夜』『ケルンの水に　興味を示すも子どもには香りが強すぎたらしい』

『ゴマを十粒散らす　のがリコリスの好むクッキー』『魔力の宿る髪　大切にしなければならない』


この書き出しと、重要なのは文章が途切れていた最後のページ。

『スフレには蜂蜜《はちみつ》　仕上げに』『追加　アイブライトの煮出し液』『依頼内容　の香水は』


最後のページにもあった、不自然な空白の入る走り書きを全てさらうと、こうだ。

「お祖母《ばあ》ちゃんは、この手記自体を円環に見立てた」

鍋に投入した『ケルンの水』をかき混ぜながら、回りくどい方法でレシピを遺《のこ》した祖母の心情を推し量る。

危険なレシピだから、リコリスの目に触れないようにした。それでも、遺した理由。

いつか必要に迫られる日が来るかもしれない。けれど調べずに済むなら、一生知らないままでいいと――……。

もしかしたらそのような葛藤《かっとう》が秘められているのではと、想像する。

巡る円環の中で、自然と共に生きるのが魔女。

大切なことは、はじまりと終わりを繫《つな》ぐこと。つまり円を描くように、文章の書き出しと終わりを繫げれば解読できるのだ。

『追憶　の香水は　ケルンの水に　アイブライトの煮出し液　ゴマを十粒散らす　仕上げに　魔力の宿る髪』

走り書きから抜き出すのも、書き出しならば空白の前、最後のページなら空白のあと。

これが、【追憶の香水】のレシピ。

アイブライトの煮出し液は、継続して目蓋に塗り続けると透視能力を得られる。物ごとの本質を見抜く超常的な能力が備わるということ。

ゴマの種子はありふれたものだが、隠された宝を発見したり秘密の通路を暴いたり、何かをこじ開ける力が秘められている。『開けゴマ』という有名な呪文に採用されるほど強力なものだ。祖母は、他人の記憶を解き放つ鍵《かぎ》になると考えたのだろう。

レシピの説明は最低限だが問題はなかった。

大鍋に材料を入れるタイミングや、煮詰まってきた秘薬をかき混ぜる力加減。祖母の手仕事を側で見てきたリコリスだからこそ見誤ることはない。

薬草に宿る力を感じとりながら、アイブライトの煮出し液を一滴。直後にゴマを十粒散らし、根気強くかき混ぜていく。

やがて、薬液全体に魔力が馴染《なじ》んでいくのが分かった。

最後に魔力の宿る髪……リコリスはオレンジに近い赤毛を一束、無造作にナイフで切り取る。それを慎重に見極めてから投入すれば、フワリと光が立った。

秘薬と同じく確かな手応《てごた》え――【追憶の香水】の完成だ。

空き瓶に注いだ液体は半透明でありながらも虹《にじ》色の光沢をもち、まるで儚《はかな》げな月長石《げっちょうせき》のようでもあった。

【追憶の香水】が完成したことは、ミュゲを通して瞬く間に大公へと伝わった。

謁見室へと呼び出されたリコリスは、ついにフレーゲルと再び対峙《たいじ》することになる。

荘厳な大広間は異様な雰囲気に包まれていた。

広間の両脇にズラリと並んだ騎士と、金で飾られた椅子に座すフレーゲル、その背後を固める魔女達。その中にラナンキュラスもいるが、姿を見るのは久しぶりだった。

印象的な夢を見たから若干緊張していたが、大公は遠目にも壮健そうだ。実は化け物だったということもなさそうだが、ならばあの夢は何を暗示していたのだろう。

表情には出さず観察していると、大公はおもむろに口を開いた。

「まだ滞在をはじめて二週間も経っていないのに、もう【追憶の香水】を完成させるとはさすがだね。伝説の魔女の系譜は伊達《だて》ではないということか」

「そうよ。血を分けているからか、性格もそっくりなの。あんたも聞いたことくらいあるんじゃない？　気まぐれで人嫌い、偏屈で――業突く張り」

へりくだることも一切せずにあくどい笑みを見せれば、騎士達の緊張が高まった。リコリスは怯《ひる》まずフレーゲルだけを見返す。

「私が求める対価は、宝石でも金貨でもないわ」

「話には聞いているよ。なぜ秘薬が必要なのか、理由を話さなければ譲ってくれないと」

「魔女の秘薬は簡単には譲れないもの。それでも欲しいというなら取引よ。過去にあったウェントラース国との冷戦について、真実を話してもらうわ」

フレーゲルは苦笑をこぼして立ち上がった。

「やれやれ。冷戦の真実といわれても、私には君が何を求めているのか、まるきり見当がつかないのだけれど」

その口振りは、聞き分けのない子どもでも相手にしているよう。

ゆったりとした足取りで歩み寄るフレーゲルに、リコリスは鋭い声音を発する。

「それ以上近付かないで。【追憶の香水】が手に入らなくなるわよ」

「そもそも君は立場を分かっていないね。取引ができる程度には対等だと認識している。いかな実力者であろうと、この人数を相手どって勝てるとでも？」

フレーゲルに応《こた》えるように騎士は一斉に剣を抜き放ち、魔女はそれぞれの杖《つえ》を構える。

圧倒的に不利な状況だ。

唯一側に控えていたミュゲが、焦燥をにじませながら耳元で囁《ささや》く。

「無謀です。早くお逃げください」

少し意外に感じて、リコリスは背後を振り返った。

「そんなこと言っていいの？　あんただって大公に命じられたら、処刑だろうと拷問だろうと従わなきゃいけないでしょうに」

「そうです、大公閣下の命に縛られたら私もあなたの敵に回らざるを得ない。そうなる前に退路を確保してみせますから、どうか――――逃げて」

押し問答の最後に付け加えたミュゲの呟《つぶや》きは、懇願に近い。

初めて彼女の本音に触れられた気がする。

葛藤の覗く瞳《ひとみ》と間近で見つめ合い、リコリスはゆるりと微笑んだ。

「ありがとう。でも、大丈夫。……奥の手があるって言ったでしょ」

全く図ったかのように、突如地響きが起こる。

ミュゲを安心させる意図で作った笑みが、その揺れで本物に変わった。

「ただの虚勢で終わらなくてよかったわ」

誰もが大きな揺れに怯《おび》える中、リコリスは屋外に続く扉へと目を向けた。

外側から勢いよく開いた扉の向こうは銀世界――と思いきや、一面象牙《ぞうげ》色に覆われている。優雅に首をもたげたそれは、エメラルド色に輝く眼《め》をしていた。

地響きはどうしようもなかっただろうが、せめてもと建物への被害を最小限に留《とど》めようとするのが穏やかな彼らしい。

『迎えに来た、リコリス』

頭に直接響く声は、全員に聞こえているだろう。魔力の塊のような存在であるため、その威容もしかと確認できるはず。

「ドッ……ドラゴンだ――――!!」

誰かが最初に雄叫《おたけ》びを発したら、あとはもう止まらなかった。

そこかしこで絶叫が起こり、騎士達は逃げ惑う。宗教国らしく、剣を放り投げて神に祈りはじめる者が続出した。

比べれば魔女達は冷静で、ドラゴンの背から続々と降りてくる人影を注視しているようだ。ノアとゼルクトラ、そしてレナルドもいる。

「ありがとう、ベリル。こんなことで頼っちゃって悪いわね」

敵陣営に衝撃を与えるため、あらかじめゼルクトラを通して派手な登場を頼んでおいたのだ。これで生半可な覚悟では刃《やいば》を向けることもできなくなるだろう。

案の定恐慌状態の周囲をしり目に、リコリスはその足下に近付いて礼を告げる。彼の頭上にアルプも発見し、目顔で感謝を表しておく。

ベリルは鮮やかな眼を、嬉《うれ》しそうに細めた。

『この程度、造作もないことだ。リコリスが窮地に陥っていると知りながら何もしないでいるより、我としても気が楽でいい』

「何かやけに実感がこもってるわね。私がいない間に辛《つら》いことでもあったの?」

どこか疲れて見えるベリルに、リコリスは首を傾げる。

こうなると目を細めていたのも、嬉しいというより肩の荷が下りたという表現に近かったような気がする。

事情を聴こうとする前に、いつも通り完璧《かんぺき》な笑顔のノアが近付いてきた。

「私が認めた主《あるじ》ですから、無事であることは確信しておりましたよ。とはいえ夢ではなく実際に顔を見ると、やはり喜びも一入《ひとしお》ですね」

「ノア……助けに来てくれたのは嬉しいけど、あんたに褒めちぎられると何か隠しごとがあるように思えてならないわ」

「ディルスト陛下もこちらに乗り込みたがっていたのですが、一応国王なので国を空ける都合がつかなかったようです。昨日の今日では当然ですが」

「あんた絶対何か誤魔化そうとしたわよね？　そういう状況じゃないから今は何も聞かないけど、あとで覚えてなさいよ」

「忘れます。何しろ鳥頭ですから」

いつものごとく煙《けむ》に巻かれてなるものか。

さらに追及しようとしたリコリスだったが、誰かに両頬を包まれ強引に振り向くことを余儀なくされる。

金髪に青い瞳、少女が思い描く王子様のような容貌《ようぼう》の天敵、レナルド・トラトアニだ。

彼の不機嫌そうな顔が間近にあって、反射的に鼓動が弾む。

「な、何。あんたも色々協力したらしいから感謝はしてるけど、呼んではいないわよ」

「そんなことより無事？　手は出されてない？」

憎まれ口にも応戦せず、レナルドはさらに顔を近付けた。

リコリスは慌てて両手を引き剝《は》がそうとする。

「手って……見ての通り傷一つないでしょうよ」

「うん、その感じなら心配するようなことは起きていないようだね」

勝手に何かを納得して離れていくレナルドを、信じられない気持ちで凝視する。

まさか彼に限って、ただ無事を確認するために来たなんてあり得ない。謎すぎる。

「えぇと……心配してくれたんなら、一応ありがとう？」

「お礼はいらない。きっちり報酬をもらうから」

「あぁ、やっぱり目的があるのね」

逆に安心だと、リコリスは胸を撫《な》で下ろした。

「――リコリス」

視線を送った先、ゼルクトラが静かな笑みを浮かべ佇《たたず》んでいる。

リコリスも笑みを返しながら、今度こそしっかりと手を握った。確かな感触と指先の冷たさは、夢の中では感じられなかったもの。

「ありがとう、ゼルクトラ。伝言をたくさん頼んじゃって悪かったわね」

「構わない。お前が無事で、よかった」

小さく首肯したからには、彼はきっちり役目を果たしたのだろう。

リコリスの笑みが悪どいものになった。

振り返ってみるも、謁見室内はまだ騒然としている。

泣き喚《わめ》く騎士達の畏怖《いふ》の眼差《まなざ》しは、なぜか一心にリコリスへと向けられていた。

「信じられん……ドラゴンを従えるなんて……」

「あんな恐ろしい魔女に、人間が敵《かな》うはずないじゃないか……」

「あぁ、同じ人間とは思えない。まさしく化け物だ……」

「どうか殺さないでくれ……」

ドラゴンより恐れられるとは、はなはだ理不尽だ。

リコリスは半眼になりながらも、これを好機とみなした。

騎士達は戦闘を放棄し、魔女達は命令がないからか警戒するに止《とど》まっている。フレーゲルが呆然自失《ぼうぜんじしつ》している今しかない。

「あんた達、私にもベリルにも失礼だからね。大切なのは信頼関係を築くことであって、ドラゴンが人に従うことはないわ。——この子もね」

リコリスが合図を送ると、ベリルの頭上からアルプが飛び出した。

ゼルクトラに頼んでいた伝言の、最後の一つ。小さな灰色猫の妖精《ようせい》には、とても重要な役割を任せていた。

身を潜めるアルプに気付いていた者は少なく、誰もが出遅れた。

その一瞬があれば十分。アルプは魔女達に向け術を行使する。

王都に住む少女達を深い眠りに引き込んだ魔法は、もちろん魔女にも有効だ。抗《あらが》う様子は見せたものの、一人また一人とその場に昏倒《こんとう》していく。

魔女は時に、百人の屈強な騎士よりも脅威となる。

彼女達を戦闘不能にできたことは大きい。かろうじて剣を握っていた忠誠心篤《あつ》い騎士達も、さすがに分が悪いとしり込みをしていた。

『魔女の姉ちゃん！　おいらやったよー！』

アルプがリコリスの腕に飛び込んできた。

「ええ、本当にすごいわ。アルプ、お願いを聞いてくれてありがとう」

『当然だろ！　ベリルの兄貴も尊敬してるけど、姉ちゃんだっておいらの恩人だもん！』

可愛い上に義理がたい。

ベリルといいアルプといい、妖精にだけは恵まれていると思う。変わり者に囲まれているリコリスにとって何よりの癒《い》やしだ。

「さてと」

アルプを抱えたまま、へたり込んだフレーゲルを振り返る。

リコリスを阻むものは全て排除した。青ざめる老人は哀れを誘うが、彼に手を差し伸べる者はいない。

リコリスはフレーゲルに向かって足を進めながら、ローブのポケットから香水瓶を取り出した。乳白色の液体が揺らめく。

「私が何を求めているのか、分からないって言ってたわよね。もの忘れがひどいようだから、直接対価をもらうことにするわ」

悠然とガラスの蓋《ふた》を開けると、大公の頭上に【追憶の香水】を一滴垂らす。

「お望み通り、あんたが求めていたものよ。——私達の身内は独立闘争に関わっているんだから、真実を知る権利はあるはず」

ついに、独立闘争の真実を……ひいては、なぜ祖母を失わねばならなかったのかを、知る時が来た。

フレーゲルは驚愕《きょうがく》の表情のまま、まるで人形のように動かない。

その内、額に垂らした一雫《しずく》から、しゅるしゅると煙のようなものが立ち上りはじめる。

それは膨大な量で、瞬く間に謁見室を包み込んだ。

煙のようなものが少しずつ寄り集まり、何かをかたどっていく。それは人であり、家具や建物でもあった。あまりに精巧なので、色彩のなさも相まってまるで石膏《せっこう》像のようだ。

目の前ではっきりとかたちを成したのは、見知った姿だった。

『閣下。どうか、このような非道はおやめください……』

ゆうらり口を開いたのは、石膏のようだがミュゲだ。素早く確認するも、実際の彼女はアルプの術にかかって眠りについている。

「これが……【追憶の香水】の効果なの？」

だとすればこれは過去のミュゲ。

今とさほど変わらないように見えるミュゲと、執務机の向こうにはフレーゲルがいる。

ノアも同じ光景を見つめながら小さく頷《うなず》いた。

「私も【追憶の香水】の効果を体験するのは初めてですが、こうして目に見えるかたちで過去が再現されるようですね」

二人の会話を遮るように、けたたましい音が鳴った。

過去のフレーゲルが、執務机に並んでいたものをなぎ払ったようだ。茶器の破片や大量の紙が撒《ま》き散らされている。

苛立《いらだ》たしげに立ち上がったフレーゲルが、ミュゲの頬を殴打する。

勢いに負け華奢《きゃしゃ》な体が吹き飛ぶ。

『う……うぅ……』

『私に逆らおうと思うな。ただ木偶《でく》のように、何も考えることなく動き続けるのだ。どうせ血の盟約によって、お前達は永遠に逃れることなどできないのだから』

『閣下……』

フレーゲルは、ただ憂さ晴らしをしているだけだ。倒れ伏すミュゲに笑みさえ浮かべながら、執拗《しつよう》な暴力を繰り返す。

リコリスは堪《たま》らず目を逸《そ》らした。

あくまで過去の出来事だと分かっているのに、どうしても見ていられない。

ベル渓谷の魔女達は、血の盟約に縛られていたのか。

血の盟約とは禁じられた黒魔術だ。互いの血を飲むことで、違《たが》うことのできない契約とするもの。血縁でさえあれば効果は一族の末端にまで波及する。

ミュゲやラナンキュラスの顔が浮かんで、リコリスは唇を嚙《か》んだ。彼女達は本当の意味で、フレーゲルに従うしかなかった。理不尽な扱いも耐え続けるしか。

その時、一陣の風が吹いた。

清涼な風に煙のようなものが一掃され、殴打音も途切れる。使い魔がフクロウの姿をとり、大きな翼をはためかせていた。

「【追憶の香水】を使用した対象にとって印象的なことが、余さず再現されるようですね。これでは埒《らち》が明かないので、冷戦下の記憶のみを手繰り寄せましょう」

「そんなこと、できるの？」

「――私を誰だとお思いですか？」

傲慢《ごうまん》ささえ感じるほど、自信に満ち溢《あふ》れた声音。

フクロウの姿でも不敵に笑っているのが分かった。

ノアがさらに翼を動かすと、渦巻く風は彼に従う。まるで従順な下僕のように、大公の記憶を選《え》り分けていく。

風はあっという間に集束し、また別の記憶がリコリス達を取り囲んだ。

『……孤児ならば、誰にも気付かれぬと思ったか』

次にかたちを成したのは、陰鬱《いんうつ》な影をまとう壮年の男性だった。神経質そうな容貌と抑揚のない声は誰かに似ている。

「父上だ……」

ポツリと呟《つぶや》くゼルクトラを、思わず振り返った。

彼の父親ということは、ウェントラース国の先王。見比べれば確かに面影がある。

ゆったりとくつろいだ様子で先王と向かい合っているのは、フレーゲルだ。両国の代表には交流があったらしい。

対する先王は、どこか非難めいた眼差しを向けていた。

『我が国では、以前より国内人口の統計を取っている。教会と連携し、孤児の数も。貴国に拉致されていることくらい、すぐに調べがつく』

『何のことだか分かりかねる。巷《ちまた》では、私が悪魔と契約をしただのという噂《うわさ》が流布しているそうだが、そなたも愚かな言説に惑わされているのでは？』

『しらを切るつもりか』

『とんでもない。それを確認するためだけに秘密裏に接触したのなら、ご苦労なことだと脱帽している』

フレーゲルが、孤児を拉致していた？

話の流れは摑《つか》めないものの、リコリスは聞き逃すまいと必死に展開を追う。誰もが食い入るように過去を見つめていた。

記憶の中で、フレーゲルが嫌らしく笑う。

『クク……たとえばあの噂が本当なら、私は真っ先に永遠の命を願うだろうなぁ。私は老いが怖い。イェールガ公国の大公という地位を誰にも譲りたくない。いずれ祖国の皇帝となるための、大事な足掛かりだ。そのためなら尊い犠牲を払うことになっても、やむを得まいと考える』

『……それは余も同じこと』

うそぶく大公に、何と先王は賛同を示した。

フレーゲルもさすがに驚いたのか、束《つか》の間《ま》の沈黙が落ちる。

『余にも、何を犠牲にしてでも助けたい命がある。最愛の妹は、不治の病を患っておるのだ。あの子の命は百や二百の民草の命より――よほど重い』

ぞっとして、リコリスは口元を押さえた。

先王の妹は十年前に亡くなったと聞いているから、時系列的にはそれより以前の会話なのだろうと、冷静な部分で判断する。

けれど思考の大半は、歪《ゆが》んだ愛情の吐露に動揺していた。

彼らの間に生まれたゼルクトラだって、こんなことは聞きたくないだろう。

何かおぞましい密談が、はじまろうとしている。

『とはいえ永遠の命など、悪魔でも叶《かな》えられるかどうか。私には子飼いの魔女がいるのだが、長年研究をさせても成果はない。せいぜいが多少の若返りくらいだ。だが……そなたには特別に、教えようか』

先王の歪みに共感したのだろうか。

詭弁《きべん》ではぐらかしていたのが一転、フレーゲルはなめらかに語りだす。

『他人に、意識を移し替えればいいのさ。まずはそっくりな人間を用意し、その自我を壊して空っぽにする。これで器の完成だ。あとは生まれ落ちてから全ての記憶を追体験させればいい。同じ容貌、同じ思想。仕草も考え方も完璧《かんぺき》に同じもう一人の自分――作り出すことができたなら、それは永遠の命と同義だと思わないか？』

大公ともなれば逆らう者などいないはずで、知りたいことがあれば【追憶の香水】など求めずとも、直接訊《たず》ねた方が早いと思っていた。胸が悪くなるほど予想通りだった。

誰かの記憶を覗《のぞ》くのではなく、自らの記憶を新しい器に移し変える。生まれ落ちてから全ての記憶を追体験させる。

それが【追憶の香水】を欲する理由だったのか。

フレーゲルは機嫌よく笑った。

『……なんて、あくまでたとえの話だけれどね。そもそも自分に似た器を得られなければ無意味なことだ。実験に失敗はつきものというから、多くの犠牲が必要となるだろうし。そなたの最愛の妹とやらにも、奇跡が起きることを祈っておこう』

意味深な言葉だ。

先王はあくまで厳しい眼差《まなざ》しを向けていたけれど——やがて深く息をついた。

『今回の追及に関しては、こちらがやや軽率であったかもしれぬ。……確か我が国に孤児が増加したのは、貴国の経済圧力の結果であったか。ならば余は今後も、冷戦状態の維持に努めることとしよう』

『ククッ、よい判断だ。では協定を結ぼうか——……』

ほの暗い約定が結ばれたところで、煙のようなものが離れていく。

リコリスは心臓が冷えていくのを感じた。

全ての違和感の答えが、ここに繋《つな》がっているのだ。

大公には十二人の妻がおり、血縁を認められていない者も合わせると、子孫は百人以上もいるという。

それなのに、大公宮内に住まう男児はほとんどいない。

先王の追及が正しければ孤児も拉致していたらしい。

たとえ話の体を装っていたが、実験に失敗はつきものというフレーゲルの言葉が頭から離れない。冷戦状態を維持するという先王の台詞《せりふ》も。

いなくなった人達は、今どこにいる――？

自分の呼吸音がうるさい。

懸命に息を整えようとするリコリスの手を、誰かが握った。

少年の姿に戻っていたノアだ。彼の手がいつもより温かく感じて、自分の方が冷え切っているのだと気付く。

「ミュゲは……私の世話をしていた魔女は、何度も警告してくれたわ。大公は恐ろしいことを企てている。耐えがたい、おぞましいことを、って……」

フレーゲル自身もはぐらかしているし、本当のところは分からない。ただの憶測にすぎないかもしれない。

だがそれならなぜ、ミュゲは侍女との噂話《うわさばなし》を強引に切り上げたのか。なぜフレーゲルには、あの禍々《まがまが》しい気配がつきまとっているのか。道理をねじ曲げた奇妙な存在だからこそ不自然さを感じるのではないか。

それこそ、大公が無辜《むこ》の命の上に立っている、何よりの証明なのではないか――……。

気を逸らすように、ノアはリコリスの手を強く握り直した。

「リコリス、今はとりあえず落ち着きましょう。判断は最後まで見守ってからです」

使い魔の言葉通り、また別の記憶が近付いて来ていた。

そっと見遣《みや》れば、ゼルクトラとレナルドも神妙な顔をしている。

覚悟を決めているのだろう。たとえ目を背けたくなるような真実が待ち受けていようとも、全てを知り抜く覚悟を。

冷戦も、それに付随するだろう独立闘争も、肉親が関わっているのだ。彼らとて恐ろしいに決まっている。

リコリスだって祖母を思うと怖い。

それでも胸を押さえ、ノアの手を握り返した。

「――ありがとう、ノア。もう惑わされないわ」

感謝を伝えると同時に、再び煙のようなものに呑《の》み込まれる。

『これ以上は、無理だ』

乾いた声は先ほどと同じく先王のもの。

またも密談の場面だった。

『もはや冷戦を続けることはできない。貴公との繋がりは、既に王太后や側近に知られている。実験についても何か勘付いているやもしれん』

側近といえば、現在の盟主の中にも何人かいたはずだ。

レナルドの父親であるトラトアニ領の盟主や、元騎士団長も。

王家に忠誠を誓っていても、冷戦が仕組まれたものだと知れば諫言《かんげん》を呈する立場だ。国をよりよくするため、民を幸福にするため、先王を信じてついてきているのだから。

――王太后も……？

リコリスの疑問は、フレーゲルのほの暗い笑い声に掻《か》き消されてしまう。

『くっく……そなたは既に共犯者だ。ここで手を引くことができるとでも？』

『なぜ無意味な冷戦を続けるのかと不審がられているのだ。これ以上は――……』

『やれやれ、最愛の妹とやらが死んだ途端にそれか。そなたの失策は、妹を孕《はら》ませたことではないかな？　女児が欲しいのなら妹に似た女を利用すればよかった。不治の病を患っているところに負担をかけるから、母子共に命を落とす結果となる』

またもとんでもない真実が飛び出し、リコリスは目を剝いた。

先王は、フレーゲルの助言を受けて子を生《な》そうとしたのだろう。妹によく似た女児を。

そうしてゼルクトラの母親は――出産に耐えきれず亡くなった。

国民には懐妊すら知らされていないから、全ては内々に処理されたと思われるが……ゼルクトラはどうだろうか。

ちらりと窺《うかが》うけれど、彼の表情からは何も読み取れない。両親の真実に直面することになって、動揺してはいないだろうか。

けれど心配する暇もなく、記憶の中で会話が進んでいく。

先王は不快げにテーブルを叩《たた》いた。

『あの子は唯一にして無二！　似た者などいるはずもないのだ！』

『ハハ、相変わらず狂っているね』

フレーゲルの態度は穏やかだった。

先王をおぞましい計画に誘い込んだ時と変わらぬ、楽しそうな笑顔。だからこそ化け物じみて映るのだろう。

『こちらは、今まで通り実験を続けさせてもらうつもりだよ。貴国と戦になろうと、その結果ウェントラース国という国そのものが消えたとしても、手を緩めることはないと断言しよう。——もう、止められないのだよ』

先王が震えているのが分かる。

それは怒りからなのか、それとも恐怖か。

『……貴公は、ウェントラース国の民草を、根絶やしにするつもりか』

『今さら賢君ぶる気かい？　協定が明らかになれば、そなたも困るだろうに——……』

脅しを含んだ大公の言葉を最後に、煙のようなものが掻き消えた。

現在の平和の裏にこれほど後ろ暗いやり取りがあったことを、誰が想像しただろう。フレーゲルの態度から、戦争に傾いていく未来が透けて見える。

けれど、ウェントラース国とイェールガ公国が衝突したという過去はない。冷戦後に和平条約を結び、表面的にはそれなりに良好な関係を保ち続けている。

きっと、歯止めをかけた者がいるのだ。

再びリコリス達は煙に呑み込まれる。

途端に、記憶の中の大公がわめいた。

『独立……何が独立だ!!』

これまで人を食った態度だったフレーゲルが、ひどく取り乱しているようだ。

手当たり次第に投げたものが室内に散乱していく。

彼の八つ当たりを受けているのはまたしてもミュゲだった。分厚い本や燭台《しょくだい》に当たるまいと、部屋の隅で体を縮めている。

『あれから一切連絡が取れなくなったかと思えばあの男は病に臥《ふ》せっているというし、加えてウェントラース国内で独立の動きがあるだと!? 一体どうなっているのだ!!』

先王は、三年前に崩御している。長年病を患っており、闘病の末に亡くなったという。

これは、ウェントラース国内で独立闘争が勃発した、五年ほど前の記憶だろうか。まだ周辺諸国には周知されていないかのような口振りだ。

怯《おび》えていたミュゲだったが、フレーゲルの問いかけに答えるため口を開いた。

『ウェントラース国王の、側近達が独立を表明したというのは……確かな情報です。このまま放置していれば、いずれ内紛へと発展するでしょう。ウェントラース国王の病状も、未《いま》だ思わしくないようです』

フレーゲルは親指の爪を嚙《か》みながらも、何かを目まぐるしく算段している。

『ウェントラース国からは手を引かざるを得ないか……。他国が介入することで実験が明るみに出てはまずい。外聞のいい話ではないから、諸外国に非難されるようなことは避けねばならない。何より、帝国にいる弟にだけは……くそっ!!』

ミュゲに近付くと、フレーゲルは平手を放つ。

また、八つ当たり。血の盟約で逆らえない相手に対し、何てむごい。

フレーゲルはよろける彼女にはもう見向きもせず、大股で扉へと向かっていく。出て行く直前、冷たく言い捨てた。

『内紛がはじまるよりも先に、冷戦を終結させる。ウェントラース国の首脳陣に和平の話をちらつかせろ。せいぜい厳しい条件を提示して――……』

謁見室内に立ち込めていた煙のようなもやが、晴れていく。

リコリスは膨大な情報を処理しきれず、呆然《ぼうぜん》と立ち尽くしていた。

「独立闘争は……イェールガ公国の干渉を避けるためのものだった……？」

確かに独立闘争は、冷戦終結直後に起こったものだ。

独立派と王国首脳陣の再三にわたる交渉は決裂し、当時の国民は戦争への不安に怯えていた。だからこそ祖母は無益な争いを止めるため、『死の森』を広げた。

けれど独立闘争もまた、仕組まれたものだとしたら？

ゼルクトラも言っていたではないか。至極円滑に行われた治政者の交代。その土地を納めていた領主と現盟主の間で、わだかまりがないのは不自然だと。

病床にあった先王が、なぜ独立宣言書に署名をできたのかと。

祖母を奪った独立闘争は、絶対的な悪だと思っていた。

けれど理不尽から国を守るため起こったのなら、リコリスの持論は根底から覆されることになってしまう。

エニシダが行ったことは全て無意味だったのか。

——お祖母《ばあ》ちゃんは、もう戻って来ないのに……？

リコリスの視線が、うずくまるフレーゲルの上で止まった。

記憶を抜き取られた影響か、未だ目を見開いたまま手足を投げ出している。威厳も若々しさもない、しなびた老人。

あの悪夢は、大公が弱っていることを示唆していたのかもしれない。ベル渓谷の魔女の力に頼っていただけで、実際は普通の老人と同様に腰が曲がり、衰えている。

だからこそ焦っていた。呪わしい実験を繰り返し、戦争も辞さぬ構えで先王を脅し、【追憶の香水】欲しさにリコリスを拉致した。

全ての元凶は、フレーゲルだ。

リコリスの中を熱い何かが捌《は》け口を求め、暴れ回っていた。

これは怒りだ。憎悪だ。

フレーゲルの馬鹿げた野望。国同士の駆け引き。そんなもののためにリコリスは祖母を失った。そんなもののために、祖母は命を賭《か》けたのか——。

不意に、ディルストの問いかけが頭の中をこだまする。

『魔女殿——その強大すぎる力を、決して怒りで振るうことはないと、誓えるかい？』

無理だ。とぐろを巻く熱が、行き場を求めて蠢《うごめ》いている。

殺して何が悪い。この男さえいなくなれば全てが解決する。全員が幸せになれるのに。

握り締めたこぶしが震えた。

全身の血液が熱く煮えたぎり、魔力が不安定に揺らいでいるのが分かる。

このままでは暴走してしまう。どこかで理性が叫んでいるのに——。

「——殺したって構わないと思うよ」

怒りに身を委《ゆだ》ねかけていたリコリスを引き留めたのは、淡々とした声音だった。

話しかけられるたびつい身構えてしまう、天敵の声。

レナルドは、昼食に何を食べるか相談するかのような気軽さで提案していた。表情にも気負ったところは一切なく、鮮やかな青い瞳《ひとみ》にリコリスを映している。

「でもどうせ、お人好《ひとよ》しな君のことだから、きっと悔やむんだろうな。この先ずっと大公の顔を思い出しては、うじうじと後悔に苛《さいな》まれ続けるんだろう。人生という括《くく》りにおいてそれなりに膨大な時間を、その男のためなんかに費やすなんて……君にとっても不愉快なことじゃないの？」

「あんたはいつでもどこでも意味分かんないわね」

リコリスは反射的に突っ込んでしまった。

しかしそのおかげか、幾分冷静さが戻ってくる。レナルドに貸しなど作りたくもないのに、魔力の揺らぎまで落ち着いていた。

次いで、ゼルクトラも口を開く。

「リコリス、お前に刃は似合わない。復讐《ふくしゅう》も、人殺しも。しかしどうしてもというなら、お前の意思を尊重――……」

「しなくていいしその言動まだ続けてたの」

空気が読めないことは重々承知していたつもりだが、やはりゼルクトラも謎すぎる。この強化月間はいつまで続くのか。

脱力すると同時に、リコリスは慌てて手の力を緩めた。

ノアと手を繋《つな》いでいることすら忘れ、こぶしを握ってしまっていた。少年の小さな手に痛々しい赤い跡ができている。

「ごめんなさい、ノア……痛かったわよね……」

彼はいつも通り笑っていた。

当たり前に隣にある、完璧《かんぺき》な笑み。

「リコリス――この私が選んだ、強靭《きょうじん》で目映《まばゆ》い魂を持つ魔女。あなたは、あの程度の男を相手にする器ではありません」

使い魔のくせに彼の態度はあまりにふてぶてしく、リコリスは笑ってしまった。

そうだった。リコリスの目標はいつだって、善き魔女で在ること。彼の隣で胸を張っていられること。

放そうとしていた手を、逆に握り返される。他愛ない子ども同士の触れ合いのように、それでいてどこか導くかのように。

リコリスの胸に安堵《あんど》が広がっていく。

今度はディルストの言葉が甦《よみがえ》っても、笑うことができそうだ。ノアとゼルクトラ、あと一応ついでにレナルドがいてくれたら、きっと大丈夫。

『善き魔女におなり、リコリス──……』

芯《しん》の部分に祖母の教えが息づいている。それを実感しながら背筋を伸ばした。

「──大公」

歩み寄って声をかけると、フレーゲルはのろのろ顔を上げた。

「あんたの記憶を覗《のぞ》かせてもらったわ。秘薬を求める理由も、ウェントラース国との冷戦の真実も理解した上で──あんたに【追憶の香水】は売れない。それが私の結論よ。そして、あんたには罪を償う責任がある」

リコリスの糾弾に、大公は乾いた笑いを漏らした。

「責任……？　私が罪を犯したという、証拠もないのに？」

すっかり枯れた風情になりながらも、フレーゲルは何とか威厳を保とうとしていた。

自信に満ちた物言いから察するに、物証は徹底的に消してきたのだろう。大公宮内を残らず引っくり返したとしても見つかるかどうか。

事件に関わった者達の自白だけでは証拠が不十分だ。まして、秘薬を使って知り得た真実に法的根拠はないので、いくらでも言い逃れができてしまう。

「そうね。無責任な噂《うわさ》を、法で裁くことはできないわ」

リコリスは彼の言葉を認め、あまつさえ笑みを浮かべてみせる。

けれどそこに慈悲はなく、突き放すような禍々《まがまが》しささえあった。

「噂に根拠などないものね。『イェールガ大公は弟に嫉妬《しっと》し、軍事大国ドルグントの皇帝位簒奪《さんだつ》さえ目論《もくろ》んでいる』なんて噂がどこからか聞こえてきても、咎《とが》めることはできないわよね。たとえ大陸中に広まって、皇帝自身の耳に入ったとしてもね」

フレーゲルは目を見開いて絶句した。

彼の記憶の中、侍女達の噂でもたびたび登場したのが、軍事大国ドルグントの皇帝でもある、実弟の存在。

帝国に比べればイェールガ公国など、小規模もいいところだ。大公とはいえ追いやられた劣等感でもあるのか、フレーゲルは目を血走らせて口角泡を飛ばした。

「そんな噂を流してみろ！　貴様……どこにいようが必ず見つけ出し、殺してやる！」

「元々大陸の中でも存在感のあったドルグントを、軍事大国と呼ばれるまでに押し上げたのがあんたの弟なのよね。残忍だって聞くけど、政治手腕は天と地ほど違うようだわ」

「うるさいうるさいうるさい！　私だって玉座に在れば同じくらい……いいや、弟以上に国を富ませることができたのだ！　なぜ……なぜ兄の私が……！」

　ぎょろりとした目が、ゼルクトラの方を向いた。

「ゼルクトラ・ウェントラース……私と同じ境遇のお前ならば分かるはずだ！　己に与えられるはずだったものを取り戻そうと足掻《あが》いて、何がいけない!?　のうのうと玉座を手にした弟が憎いだろう!?」

　ゼルクトラは、二回ほど目を瞬かせてから、全くいつもの彼らしく口を開いた。

「すまないが、少しも共感できない。俺は今の自分に満足している」

　謁見室は、かつてないほどの静寂に包まれた。

「……うわ、駄目押し」

「強烈ですね」

「全く悪気がないところが逆に恐ろしいよね」

　小声で言い合うリコリス達は、それでも配慮している方だ。

　灰となって消えかけているフレーゲルを庇《かば》うつもりはないが、見ていられない。おそらくリコリスの皮肉より何より利いている。

　この場に残る騎士達も大公の悪事を目にしてしまっただろうし、動けずにいる彼を助け起こしてくれる者など果たして現れるのだろうか。

そう思いながら辺りを見回すリコリスの視界を、黒い影が横切った。握り締めていた香水瓶を奪われる。

手の届く位置をすり抜けていくのは、艶《つや》やかな黒い髪。大公宮の滞在ですっかり見慣れたすらりとした後ろ姿は――。

「ミュゲ!!」

理解するよりも早く飛び出した叫びは、思い留《とど》まらせるためのもの。

ミュゲは【追憶の香水】の入ったガラス瓶を持ち、フレーゲルの頭上に掲げていた。

アルプの術にかかっていたはずなのに、なぜ。

使い方を誤れば自我を壊す凶器になり得るという【追憶の香水】。彼女が何をしようとしているのか嫌でも分かってしまう。

野望が潰《つい》え、立場や信用を失い、フレーゲルが命令を発する気力さえ失っている今この時こそ、唯一無二の機会なのだと。

「駄目よ……ミュゲ、かけた側にだって反作用で何が起こるか予測できないのよ。不安要素がある方法は避けましょう」

血の盟約を解くには、主体となって契約した者の同意を得なければならない。彼らの状況から考えれば、契約主は十中八九フレーゲル。ただし契約主が亡くなった——つまり不可逆的な意思の喪失が認められた場合において、この限りではなくなる。

リコリスの脳裏に、ミュゲとの思い出が次々に甦る。

控えめに微笑みながら、いつも側にいてくれた。リコリスの身を案じ、何度も忠告をくれた。失敗続きの調薬作業にも根気良く付き合ってくれた。

戸惑いつつも楽しそうに侍女達と笑い合う姿。逃げることを諦《あきら》め、期待しないことに慣れきってしまった笑みも。

こちらを振り返る彼女が最後に見せた笑みは、普段と変わらぬ控えめなものだった。

「リコリス様、あなたの決断は正しいです。復讐など不毛でしかない。けれど……子ども達の代に引き継いではいけない負の遺産も、確かにある」

ミュゲの決心は揺らがなかった。

蓋《ふた》を開いた香水瓶から、止めようもなく液体が流れ落ちていく。

瞬間、一滴だけの時とは異なり、目が眩《くら》むほどの光が放たれる。

それは大公だけでなくミュゲまでも包んだ。

「ミュゲ……!!」

光がおさまった時、彼女の体がぐらりと傾《かし》ぐ。

駆け寄ろうとしてノアに止められる。彼は、注意深くフレーゲルを見つめていた。

リコリスが視線を移した時、老人の細い体は小刻みに震え出していた。ぎょろりと眼球が動いて白目を剝き、木の洞《ほら》のように開いた口から、直接煙のようなものが噴き出す。あとからあとから、その勢いは止まらない。もはや誰にも止められなかった。

ボコボコと吐き出されるそれらが、冷たい青年の顔をかたちづくる。

『よかったな、兄上。イェールガ公国の大公になれば一国の主《あるじ》ではないか』

嘲《あざけ》りを帯びた声音に驚いている間にも、フレーゲルの口からは次々と過去が飛び出してくる。憤怒《ふんぬ》の形相をする女性になったかと思えば、次の瞬間には迫り来る大きな手に。泣き喚《わめ》く少年や小さく縮こまった子ども。老婆。

『なぜ弟に全てを奪われねばならないのか……私とお前、一体何が違うというのか……』

『お前のようなでき損ない、産むのではなかった！』

『なぜ弟ばかり……僕は……』

『愛されたい』

『母様』

『うるさい!!』

『嫌だ嫌だ嫌だ嫌だ嫌だ！』

『愛されたい』

『愛して』

『誰か』

『何で僕の側には誰もいないの？』

『坊ちゃま、あなたは確かに愛されておりますよ』

フレーゲルの主観で紡がれる記憶の逆行は、強烈としか言いようがなかった。ありとあらゆる過去が奔流のごとくぶつかり合い、人の口から発せられる様は一種異様だ。

壮絶さに顔をしかめていたリコリスは、あることに気付いた。

「記憶が……さかのぼってる……？」

「逆再生のようなものでしょうね。【追憶の香水】の用量限界を超えたことで起こっているので、手の施しようがありません」

ノアはやけに険しい顔をしている。

その理由をリコリスが悟るのは、記憶の逆行が途切れはじめた頃だった。

徐々にフレーゲルの体が、縮んでいる。

記憶だけでなく体まで過去へとさかのぼっているのだ。

『か──あさま』

『かあ──ま』

『──生まれてきて──ありがとう──わ──くしの──いとしい──』

慈愛深く微笑む女性と高らかな産声《うぶごえ》が、やがて溶けていき……。

フレーゲルは、ついには跡形もなく消失してしまった。

「……印象的なことが、再生される……」

リコリスの呟《つぶや》きが、空《うつ》ろな空間に落ちる。

あの老人も、かつては愛されることを望む子どもだった。

大公の地位にしがみつくために繰り返された非道な実験も、弟への劣等感も、ひたすら愛を渇望した結果だとしたら、あまりにやるせないではないか。

最後には確かに、祝福の声が刻まれていたのに。

「リコリス、大公に情けをかける必要はありませんよ」

「分かってる。どんなに悲惨な過去があっても、犯した罪は軽くならない」

けれど、裁かれるべきフレーゲルはもういない。

苦い結末にせめてもと手向けるなら、同情もまた罰に等しいのではないだろうか。

大公という地位にありながら、何も手に入れることができなかった哀れな末路。

リコリスは振り切るように首を振って、ミュゲへと近付いた。

彼女が消えてなくなることはなかった。

けれど倒れ伏し、髪も乱れた状態では容体が分からない。息はあるのか、【追憶の香水】の影響は受けなかったのか、ごくりと喉《のど》を鳴らしながら確認する。

「ミュ……ゲ……」

リコリスは言葉を失ったまま、しばらく動けなかった。

◇◆◇

大公の座が空位となり混乱するかに思われたが、リコリスの予想は大きく外れ、大公宮内は非常に落ち着いていた。

元々フレーゲルが高齢ということもあって次期大公の選定は済んでおり、公務の引き継ぎは滞りなく進められた。次の大公はドルグント皇宮で政務について学んだ、フレーゲルの七番目の息子らしい。

リコリス達の立場は、大公宮内ではかなり微妙だった。

フレーゲルが消えた原因でもあることは騎士達の証言で明らかだし、そもそもノア達は侵入者だ。捕縛されてもおかしくないところではある。

それでも、フレーゲルの悪行を薄々察していたらしい新たな大公は、リコリス達のしばらくの滞在を認めてくれた。

厚遇も冷遇もせず今までと同じ環境を保つのが、ぎりぎりの裁量なのかもしれない。身分の高い者のための拘置所でもある離れの塔は、不本意ながらリコリス達一行で占拠するかたちとなっているが。

そして、リコリス達よりさらに微妙な立場にあるのが、ミュゲだ。

眠り続ける魔女を今の内に処罰すべきという声は、確かに上がっていた。誰も手出しができずにいるのは、単に魔女達の報復を恐れてのこと。

魔女達を縛る契約はもうなくなったので、何かあればラナンキュラス達が動くだろう。今は全員放置気味だったベル渓谷の住居の修繕に出ているが、ミュゲの体調が戻り次第、共に帰る予定だという。

リコリスは、ラナンキュラスに脅されたこともあり、ミュゲの看病を買って出ていた。

三日間眠り続けてようやく目を覚ましたところなので、今は弱った胃腸に優しい食事を用意してもらっている。

使用人達がミュゲに同情的なのは、ある程度交流を持っていたおかげかもしれない。結果的に賄賂《わいろ》のようになってしまったが『ケルンの水』を配っておいてよかった。

今日もリコリスは白湯《さゆ》を運び、ベッド脇の椅子に腕を組んで座る。会話ができるまでに回復したら、必ず追及しようと決めていたのだ。

「何でアルプの術が効かなかったのか、おかしいと思ってたのよ」

憤然と息巻くリコリスに、ベッドから体を起こしたミュゲが困った笑みを浮かべる。

儚《はかな》げな微笑は変わらないけれど、その姿は様変わりしていた。【追憶の香水】の反作用を受け、二十歳ほど年を取っている——だけでなく、なぜか男性になっているのだ。

緩い三つ編みにして肩口から流した漆黒の髪は相変わらず艶《つや》やかで、シワも目立つほどではない。不思議と美少女を脱し美女になっただけという印象だ。三十代後半男性なのに可憐《かれん》な雰囲気が健在とはどういうことなのか。

半眼になるリコリスの膝《ひざ》に乗っていたアルプが、口を開いた。

『おいら、あの時からおかしいって気付いてたぞ。こいつだけ、術をかけた手応《てごた》えが全然なかったんだ』

いわく、アルプの眠りの魔法は男性にはかかりづらいらしい。

そのため女性ばかりを狙い、精気を奪っていたのだとか。

「それ、その場で教えてほしかったわ……無理だっただろうけど……」

あの切羽詰まった状況では、ミュゲの性別などさして重要ではない。今さら恨みごとをぶつけたところでどうしようもないのだ。

もふもふの毛並みに八つ当たりをしていると、嫌がったアルプは姿を消してしまった。

それを機に、ミュゲが静かに口を開く。

「……私達の一族は、大公の命令に従わざるを得ない呪いを背負っておりました」

以前より低くなっているけれど、彼の声音は耳に心地よいままだ。リコリスは、粛然とした深い森を連想する。

血の盟約が交わされたのは、五十年以上も前のことだという。

当時集落を飛び出していった一族の女性が、若きフレーゲルと恋に落ちた。

その女性は、確かに想い合っていると信じたからこそ、一族郎党にまで及ぶ契約を結べたのだろう。

けれど全ては、魔女の力を手にするための策略だった。年若い魔女はフレーゲルの野望に利用されたことが信じられず、一族に詫《わ》び続けながら絶望の内に死んだ。

ベル渓谷の魔女達に降りかかる苦難を思えば、彼女は何も知らないまま死ねて幸せだったかもしれない。

不老不死の薬など、そもそもこの世に存在しないものだ。作れないと拒否するたび、失敗するたび、何人もの魔女が殺されていく。

やがてフレーゲルは、別の人間に人格を移す方法を思い付いた。

逆らえば殺されるからと実験を繰り返し、使いものにならなくなった人間を廃棄する。

冷戦がはじまるよりずっと以前から、何人も何人も。

一族の傾向上、男児は生まれつき魔力が少ない。

フレーゲルは、これらの命まで手にかけはじめた。

「これに、魔女達は危機感を覚えたそうです。一族の男児が全て実験で消費されてしまえば、ベル渓谷の魔女の血は絶えてしまう。私を女性として育てたのは苦肉の策だったと、当時親代わりをしていた魔女から聞いております」

長い長い、罪と苦痛に塗《まみ》れた告白を、リコリスは黙って聞き続けた。

ミュゲの淡々とした口調が、抑え続けた慟哭《どうこく》を逆に強調しているようにすら感じる。

内容から、ベル渓谷の一族はそれなりの人数がいたのだろうと想像できた。

それが今、たったの六人しかいない。具体的な数字はなくても、フレーゲルの恐ろしい所業が如実に表れているようだった。

契約主を殺さねば終わらない。

そう判断したから、ミュゲは反作用すら恐れることなくフレーゲルを手にかけたのだろう。これ以上犠牲者を増やさないために。

いつか尻尾《しっぽ》を摑《つか》んで、フレーゲルの罪を白日の下にさらすつもりだった。人が人を裁くのではなく、法に委《ゆだ》ねるべきだった。

それでも――ミュゲの選択を、誰が非難できよう？

彼は、冷めてしまった白湯に口をつけ、金色の瞳《ひとみ》をゆるりと向けた。いつかにも見た苦悩のにじむ眼差《まなざ》し。

「冷戦が終わった直後、本当にウェントラース国内で内紛がはじまるのではと危ぶんでいた時……『死の森』が巨大化しました」

国民は、独立闘争が起こった経緯を知らない。イェールガ公国との冷戦を終結させ、なおかつつけ入る隙を与えないためだったということも。もし祖母が『死の森』を広げていなければ、実際に戦争に発展していたかもしれないのだ。

「その後、『死の森』の魔女が忽然《こつぜん》と姿を消したと気付いた時、フレーゲルは悔しさにのたうち回っていましたよ。空っぽの器に自身の人生を追体験させるには、【追憶の香水】が不可欠でしたから」

再現しようにもレシピすら遺《のこ》されていない。

エニシダはまんまと逃げおおせたということだ。

「……待って。つまりお祖母《ばあ》ちゃんは生前、フレーゲルから【追憶の香水】を依頼されていたということ？」

「はい。数回交渉をしておりますが、いずれも断られました。我々ベル渓谷の魔女を通してのやり取りでしたし、目的についても詳しく触れてはおりませんが」

リコリスは違和感に顔をしかめた。

祖母は【毒薬】でも【惚《ほ》れ薬】でも、求められれば何でも売る人だった。フレーゲルの依頼ならば報酬も莫大《ばくだい》な額だったはずだ。

ただの気まぐれで片付けてしまえばそれまでだが、なぜ拒絶したのだろうか。

もしかしたらエニシダは、独立闘争の裏に隠された事実を知っていたのかもしれない。

知っていたとしたら、祖母ははじめから、『死の森』を――……。

「リコリス様」

もの思いから我に返ると、ミュゲが深々と頭を下げていた。

「伝説の魔女の孫の存在をフレーゲルに伝えたのは、私です。【追憶の香水】を作れるのではと吹き込んだのも。あなたのお祖母様は、あなたが他人につけ込まれることのないよう、徹底的に守っていたでしょうに……」

同じ魔女にリコリスを紹介しなかったのは、確かに保護が目的だったのだろう。ヴァルプルギスの夜への参加も禁じられていた。正確には、祖母の高名をやっかむ者から隠されていたのだろうが。

――けど、お祖母ちゃんが言わなかっただけで、そういう意図もあったかもしれない。幼子を利用すれば報酬を払わずして秘薬が手に入ると、あるいは魔女が貯め込んだ金銀財宝を奪うことができると、欲に駆られた者達から守るために。

側にいなくても、祖母はいつだってリコリスを守ってくれている。

「お祖母様の思いを踏みにじりリコリス様を利用してしまったこと、ずっと心苦しく思っておりました。伝説の魔女の血を継ぐのなら、あるいは私達を解放してくれるのではと、身勝手な期待を押し付けて。本当に……申し訳ございませんでした……」

決して頭を上げようとしないミュゲから、リコリスはそっと視線を逸《そ》らした。

「……謝ってもらうことなんて、私にはないわ」

暖炉で温《ぬく》もった部屋に、呟《つぶや》きが溶けていく。

散々迷惑を被ったので、口が裂けても許すとは言えない。

それでもミュゲが辛《つら》い境遇にあったことも分かるので、これがリコリスなりの折り合いの付け方だった。

話を聞いた今になっても恨めしく思う気持ちは一切ない。そもそも彼は、何度も逃げろと忠告してくれていた。

不器用な物言いに呆気《あっけ》にとられていたミュゲは、その内クスクスと笑いだした。

「あなたを巻き込んでしまったこと、実際にお会いしてすぐに後悔しましたよ」

「悪かったわね、伝説の魔女に比べたら期待外れで」

エニシダほどの実力があれば、結末は変わっていたかもしれない。ミュゲだって反作用で老いることなどなかった。

唇を尖《とが》らせるリコリスの髪を、彼は梳《くしけず》るように撫《な》でた。

見つめる眼差しは、我が子に愛情を注ぐ親のように慈しみ深い。

「いいえ。強く眩《まぶ》しいリコリス様の心が、フレーゲルに穢《けが》されてしまってはあまりに惜しいと――そう、思ったのです」

神々じい笑みが間近にあって、リコリスは目がチカチカしてきた。ミュゲの方がよほど眩しいではないか。

そそくさと距離をとったリコリスは、そっと肩を落とした。

「別に私は強くないわ。……あんただって、助けられなかった」

「あぁ、そのことでしたら全く気に病む必要はありませんよ。むしろ貫録が出てよかったくらいです」

目を瞬かせながら首を傾げると、ミュゲはどこか嬉《うれ》しげに笑い声をこぼす。

「ラナンキュラスと血縁であることは以前にお伝えしたと思うのですが……私は、彼女の伯父《おじ》にあたります。あの子にはよく若作りと罵《ののし》られておりますが、一応今年で三十五歳になるんですよ」

「――――はいっ⁉」

「なので、二十歳くらい年をとれてちょうどいいほどです。フレーゲルが不老不死や若返りの妙薬を作れとしつこく迫って来たのは、私の容姿が変わらないことにも要因があったのでしょうね。そのようなものは物語にしか存在しないというのに、愚かな方でした」

「えっ、ちょっ、まっ……」

驚きすぎてまともな言葉が出てこない。

悲しげなミュゲを放っておけず、使用人達に『ケルンの水』を配りがてら交流を持たせてあげようと、世話を焼いたことがあった。魔女でない友人を作るべきだと。

リコリスは、羞恥《しゅうち》で顔を真っ赤にした。

完全にいらぬお節介。大きなお世話。

まさか性別が違うどころか同年代ですらなかったなんて、彼こそまさしく魔女ではないか。何度も言うが三十代後半男性なのに可憐な雰囲気が健在とはどういうことなのか。

リコリスは顔を隠しながら勢いよく立ち上がった。

「言っておくけど、全然貫録なんて出てないんだからね！」

紛《まご》う方なき負け惜しみを言い捨てると、逃げるようにミュゲの部屋を辞した。


室外は冬の寒さに支配されており、火照った頬を程よく冷ましてくれる。

ミュゲが隔離されている部屋のすぐ上が、リコリスにあてがわれた部屋だ。

螺旋《らせん》を描く石段を疲れた足取りで上れば、扉の前の踊り場に何者かが陣取っている。昼でも薄暗い階段の先にランタンをかざすと、華やかな金髪が光を弾《はじ》いた。

「――レナルド？」

暖炉の温もりの届かない螺旋階段は底冷えしている。

さすがに宿敵であっても寒かろうと心配になり、リコリスは慌てて駆け寄った。

「こんな寒いところで何してるのよ。暖炉は点《つ》けっぱなしにしてあるんだから、私に用があるなら中で待ってればよかったのに」

「不用心だな、男をほいほい部屋に上げるなんて。まぁ、男の部屋に一人でほいほい行くくらいだし、警戒心を求めても無駄だと分かってるけど」

苛立《いらだ》たしげに嫌みを言われれば、リコリスもすぐにカチンときた。

「それってミュゲのこと？　衰弱してる人を看病して何がいけないのよ？　そもそもミュゲなら、あんたなんかよりずっと信頼できるし」

「お友達ごっこが楽しいなら結構なことだよ。今日は長々と滞在したようだし、話すべきことは話せたんだろうね？」

「長々と滞在したって何で知ってるのよ、気味が悪いわ」

まさか待ち伏せだけでなく、ミュゲの部屋に入る瞬間から監視でもされていたのだろうか。今日は、の部分も詳しい追及は避けたい。

リコリスは怖気立《おぞけだ》ちながらも、急いで用件を済ませることにした。

「ミュゲの体調もだいぶ回復したし、話も十分聞けたし、そろそろ帰るわよ。こんな団体でこれ以上居座ったら迷惑になるわ」

レナルドがわざわざ待ち伏せしてまで知りたがることなんて、帰国の予定くらいのものだろう。リコリスと違って責任のある身、忙しいのは当然だ。

というか、彼もゼルクトラも無理に付き合うことはなかったのに、こうして大公宮に居座り続けているのはなぜなのか。

「そういえばあんた、ラナンキュラスに利用されてたのよね。利用してるつもりが騙《だま》されてたなんて傑作じゃない。いい気味だわ」

彼の父親であるトラトアニ領盟主は、独立闘争の当事者だ。

今後ますます忙しくなることは容易に予想がつく上、ラナンキュラスという便利な手駒を失った。つまりリコリスの動向を探る暇も手段もなくなったということで、こちらとしてはレナルドの影に怯《おび》えずに済む最高の結末だった。

「これからは、他者をもののように扱う姿勢を改めることね」

「少しも同情しない辺り、本当に君って薄情だよね。無神経に痛いところを突くし」

「平然と人を利用する人間にだけは、薄情だの無神経だの言われたくないわ」

「人の上に立つ人間には、時に切り捨てる覚悟も必要なんだよ」

うそぶくレナルドの横顔は冷たいというより、どこか疲労がにじんでいる。様々な経験を積み重ねてきた大人の顔。

何の思惑もなく共に笑い合った過去が、唐突に甦《よみがえ》る。

あの頃より遠くなったという実感を、不意に突き付けられた気がした。

成長し、リコリスとレナルドの関係はまた変わるのだろう。

それは確かな予感だった。

「とはいえ、僕としても今回は学ぶところが多かったな。君に言われるまでもなく、今後は相手の力量を見誤ることのないよう気を付けねばならない」

「……他者を利用しないと言わない辺りが、やっぱりあんたよね」

レナルドの青い瞳《ひとみ》がこちらを向いた。

ふとこぼす笑みはあどけなく、感傷に浸っていたリコリスの警戒は嫌でも緩む。

その隙に距離を詰められてしまえば、彼はあっという間に目の前にいた。頰に吐息を感じるほどの近さ。

「これから、僕の周囲は多少騒がしくなるだろう。次期盟主、ではいられなくなるかもしれない。身軽で結構気に入っていたんだけどね」

「そ、そう、私には全然関係ないわ」

「僕が昔みたいに次期伯爵と呼ばれるようになっても、たとえばもっと別の何かになったとしても……その憎まれ口だけは変わらないでほしいな。対等な態度も」

「私は王族にも膝《ひざ》を屈しないのよ。あんたに従うなんて思い上がりもいいところよ」

「うん。——リコリス」

無防備に名を呼ぶ声が、そよ風のように胸をざわつかせる。

そっと抱き締められた時、拒絶しようとさえ思わなかった。

冷血漢でも身を寄せ合えば温かいのかと、間抜けな感想が浮かぶ。

以前のような嫌がらせと疑う余地すらない、優しい抱擁。リコリスは胸が痛くなって、無意識に彼の服を摑《つか》んだ。

レナルドの腕にも少し力が籠《こ》もる。

「今だけ。すぐには君をからかいに行けないから——今だけ、こうしていさせて」

「……弱気になってるんじゃないわよ。あんたなら最高に強《したた》かな領主になれるって、一応幼馴染《おさななじ》みの私が、保証してあげるから」

国を共同統治する盟主だろうと、王を頂く領主だろうと、やることは変わらないと思うのは、リコリスが権力と距離を置いた立場にあるからかもしれない。レナルドの肩にのしかかる重圧は計り知れない。

肩口で、彼はくぐもった笑いを漏らした。

「フフ、そう受け取る？　君って本当に思い通りにならない」

「思い通りになる気なんてありませんから」

負けん気の中にこっそり激励を込め、リコリスは彼の背中を強かに叩《たた》いた。

「いっ……」

「何かに困ったら頼ってもいいわよ。もちろん有料だけど」

レナルドも戦っているというなら、魔女として力になれることはあるはず。リコリス個人の好悪で依頼を区別することはない。

しばらく痛みに悶《もだ》えていたレナルドだったが、顔を上げた時にはいつもの不敵な表情を取り戻していた。

「僕、君の顔を赤くさせたり青くさせたりするのが、生き甲斐《がい》なんだよね」

「はい……？」

訊《き》き返そうとしたリコリスだったが、レナルドの顔が間近に迫っていることに気付く。

身の危険を感じて離れようとするも、がっちり抱え込まれては逃げられない。

視線が交錯する。鮮やかな青い瞳は嗜虐《しぎゃく》心に輝いていた。

彼のかたちのいい唇が近付き――……。

ガブリ

歯形がつくのではという強さで、頬を噛《か》まれた。

「いっ……たいっ!!」

リコリスが振りかぶった拳《こぶし》は宙をかく。

ひらりとかわしたレナルドは、さっさと階段を下りはじめていた。

涙目になって睨《にら》みつけると、彼は完璧《かんぺき》な笑みで振り向く。

「じゃあね、リコリス。ここを発《た》ったらしばらく会えないけど、寂しがらないでね」

「あんたなんかと二度と会うか！」

リコリスの絶叫が、石造りの塔にこだまする。

レナルドの背中が見えなくなっても震えがおさまらない。金輪際会うことなどないだろうが、今後はクリスマスローズを乾燥させた有毒粉末を肌身離さず持ち歩こう。かなりの攻撃力だがもはや出し惜しみはしない。

肩を怒らせたまま、リコリスは背後に首をひねった。ずんずんと歩を進め、居室の扉のさらに向こうまで足を延ばす。

階段の踊り場が途切れる場所は、ぎりぎり死角となっていた。けれどリコリスは、そこに潜む黒髪に気付いていたのだ。

「――で？　あんたは何を隠れてるのよ？」

白い獣毛で縁取られた上着を羽織っているから、薄暗くてもすぐに分かった。レナルドとの会話の途中から、心配げにこちらを覗《のぞ》き見るゼルクトラの姿があることに。

彼は背を丸めながらも潔く顔を出した。

「盗み聞きについても言いたいことはあるけど、せめて助けてほしかったんだけど？」

「す、すまない。しばらく会えないだろうから……俺ならば邪魔をされたくないと……」

「邪魔って何よ。あんたにはあれが別れを惜しんでるように見えたわけ？」

「さすがに嚙まれた時は、間に入らねばと考えた。いくらなんでも嚙むのはやりすぎだ」

「嚙まれたって強調しないで！　というか、それでようやく考える程度の危機感なの!?」

恥ずかしい場面を見られたからか、八つ当たりが止まらない。

疚《やま》しいことはなかったし、そもそもゼルクトラは悪くないのに。

リコリスはがっくり項垂《うなだ》れると、久しぶりにローブのフードをかぶった。

「……もういいわ。ゼルクトラ、部屋に上がって。紅茶とかクッキーとか、ゆっくり味わいたい気分なのよ」

扉を開けると、柔らかな暖炉の明かりに出迎えられる。リコリスはささくれ立った心が鎮まっていくのが分かった。

「あんたとゆっくり話せるのは嬉《うれ》しいわ。気まずくなったらって少しだけ不安だったの。だから、必死に捜して駆け付けてくれた時も、本当に嬉しかったんだから」

「そ、そうか」

「これが、ウェントラース国にはないものの食べ納めになるかもね。ちょうど、あんたと一緒に食べられたらなって思ってたのよ」

「そ、そうか？」

「ついでにノアも呼びましょうか。どこにいるか知ってる？」

「そうか……」

「どうしたのよ？　言葉を忘れちゃったわけでもあるまいし」

そうか、という単語で様々な意味合いを伝えようという試みなのか。ゼルクトラの言動は相変わらず意味不明だ。

部屋に入ろうとしたリコリスだったが、なぜかゼルクトラは立ち止まったまま動こうとしない。俯《うつむ》き、強く唇を引き結んでいる。

訝《いぶか》しがって近付くと、ごく些細《ささい》な力で指先を摑まれた。

「……あの時、怖がらせてしまったことだが」

リコリスはますます目を瞬《しばたた》かせる。

あの時というのは、リコリスがイェールガ公国へとさらわれる直前。ゼルクトラがラナンキュラスに向けた鋭さに、戸惑った時のことだろう。

「あれはもう、和解して終わったでしょ」

夢の中とはいえ、互いにきちんと謝ったはず。

今さら何を蒸し返すのかと見つめれば、彼は青灰色の双眸《そうぼう》をゆっくりと向けた。

「俺には生まれつき……およそ感情と呼べるものがなかった。おそらく今までは、お前が怖がったあの時の俺が、俺の全てだったように思う」

リコリスはいつしか、固唾《かたず》を呑《の》んで見守っていた。

不器用なゼルクトラが、自身の胸中を懸命に言葉にしようとしている。リコリスの理解を得ようともがいている。

それこそ、彼の成長を目の当たりにして、胸が熱くなった。

ゼルクトラの瞳は、生気がみなぎりキラキラと輝いている。

「俺に感情をもたらしてくれたのは、リコリスなのだ」

暗がりでも、彼の顔が真っ赤に染まっているのが分かった。きっとリコリスの頬も、隠しようもなく赤くなっていることだろう。

おかしい。瞳を潤ませ赤面までしているのに、格好よく見えるなんて。

「食事をおいしく感じるのも、雑踏に胸が弾むのも、景色を美しいと思えるようになったのも——全て、お前と出会えたからだ。リコリスの感情の発露があまりに鮮やかだから、俺の心もつられたみたいに色付いていく」

ゼルクトラが、ふと表情を綻《ほころ》ばせた。

「リコリス。あの時怖がらせて、本当にすまなかった。それでも……これからも俺を、側にいさせてほしい」

咄嗟《とっさ》に言葉が出なくて、リコリスは唇を震わせた。

いじらしく反応を窺《うかが》うゼルクトラが、反則級に可愛い。やはり格好いいのは気のせいだった。これは可愛いしかない生きものだ。

高い位置にある頭を撫《な》で回したい衝動に駆られるが、ぐっと堪《こら》える。

「……当然でしょ。一緒に成長しようって、約束したんだから」

リコリスはゼルクトラに背を向けて部屋に飛び込んだ。

感情が未発達で、冷酷な面もあって。

そうしてさらなる一面を知って、リコリスの心臓は鳴りやまない。

◇◆◇

凍った月が照らす夜。

夜行性の生きもの達も眠りについているのか、とても静かな晩だった。枯れた木々が雪をまとい、銀色の月明かりに浮かび上がっている。

西ウェントラース王国の王宮もまた、暗闇に純白の城壁を際立たせていた。

城の中枢に、とりわけ豪奢《ごうしゃ》な宮がある。リコリスがその露台に降り立つと、コツリとブーツの踵《かかと》が鳴った。

王太后は、物音に顔色一つ変えなかった。

宿直を呼ぶ気配もなく、ただリコリスの出方を窺っている。以前対峙《たいじ》した時の傲慢《ごうまん》さは感じられず、夜の静寂に寄り添う知性すら併せ持っていた。

すべるように露台に近付いても、夜着の裾《すそ》さえ音を立てない。ただじっと、リコリスの発言を待っているようだ。

リコリスは夜闇に紛れる密《ひそ》やかさで言葉を紡いだ。

「――独立闘争の真実、今度こそ話してもらいに来たわ」

彼女の表情は湖面のように凪《な》いでいる。

けれど、今回は逃げないはずだ。

ディルストもゼルクトラも、ウェントラース国を再び統一するために動き出したというし、レナルドも共和国側の立場からそのように働きかけているらしい。

そして何より、長らくイェール公国の大公位に君臨していたフレーゲルが死んだ。先王も亡き今、国を窮地に追いやる脅威はもうない。

隠しだてをする理由がなくなったのだ。

闇に浮かぶ青白い面は、どこか肩の荷を下ろしたようにも見える。

「……まず、そなたには言っておきたい。そなたには、わたくしを弑《しい》する権利がある」

静謐《せいひつ》な声音は柔らかい。ドレスという武装を解いているからか、謁見の間を揺るがすほどの苛烈《かれつ》さが嘘のようだった。

「独立闘争は、全てわたくしが仕組んだことだ。先王の側近達はわたくしの求めに応じ、協力しただけにすぎぬ」

独立闘争は、時機を見計らったかのように勃発した。まるで、フレーゲルが戦を仕掛けてくると知っていたかのごとく。

強い後ろ盾を持つイェールガ公国を相手取れば、ウェントラース国は十中八九敗北を喫しただろう。果てに残された道は属国か。

属国ともなれば、フレーゲルはそれまで以上に国民を消耗していたはずだ。いくらでも替えが利くもののように。

それは、実際に内紛に発展するよりも確かな、恐ろしい未来。

「独立闘争で盟主達が立ち上がった理由が明らかにされていないのは、公表できない秘密があったからなのね。あんた達は、冷戦の裏で行われていた悪魔の所業を、知っていた」

【追憶の香水】の中で先王が言っていたから、そこは間違いない。

だからこそ、ウェントラース国とイェールガ公国の衝突を阻止したのは誰か、記憶の中に続きはなくとも簡単に推測できた。

歯止めをかけたのは先王の側近達であり――今目の前にいる王太后だ。

彼らは、フレーゲルに加担する先王を止めようとしていた。

阻止しきれず、フレーゲルが戦を起こそうとしていると知った時、彼女達は戦争を回避するため苦肉の策に打って出た。

独立闘争を意図的に起こし、それを広く周知させる。

国内情勢が悪い国をさらに圧迫するのは非人道的とされ、諸外国からの糾弾を免れない行為だ。ことさら体裁を気にするフレーゲルならば、必ずウェントラース国から手を引くと考えたのだろう。

現盟主達には先王の側近や商人、聖職者もいる。

国民のためか利益のためか、はたまた信じる神のためか。それぞれ理由は違えど、彼らは王太后に協力した。

王家が独立を主導していたのだから、元々領地を治めていた領主からの不満を封じるのも難しくない。移譲が円滑に行われたのも当然だった。

やはり、独立闘争を引き起こしたという先入観があったのだろう。

まさか王太后に正義があるとは思わなかった。

「あんたが盟主達と協力体制にあったんなら、以前のソーニャの縁談についても、見方が丸きり変わってくるわ」

『死の森』が巨大化しても、独立後の領土問題が皆無になったわけではない。

些細な火種が戦争に繋《つな》がる状況で、王太后が開戦を望んでいるとさえ思い込んでいたリコリスは、陰謀に違いないと判断した。共和国に嫁ぐ道中で花嫁を葬り、両国間に不和をもたらすつもりなのだと。

「そもそもあの時だって、あんたはソーニャを殺すつもりだなんて明言はしなかった。ディルストさえ、ゼルクトラを死地に追いやるためだろうと勘違いしていたのに。もしあれが、諍《いさか》いが続いているよう見せかけるためのものだとしたら、むしろあんたは……」

「――わたくしを善人だとは思わぬことだ、魔女よ」

ずっと黙っていた王太后が、リコリスの推論を遮った。

「どうせ何も出来ぬと高をくくっている連中を欺くことは、容易《たやす》いからな。動きやすさを維持するためなら息子をも欺こう。――のう、エニシダの孫よ。わたくしがそなたの祖母に会いに行った理由は、何であろうか？」

「それは……フレーゲルの暴挙を止めるためで……」

「正義の味方とでも思うておるのか？　そなたの肉親が犬死にしたのは、わたくしが起こした諍いのせいだというのに」

ひどい侮辱だった。

怒りに喉《のど》が震えたが、リコリスは叫び出しそうな衝動を必死に堪《こら》える。

王太后は断罪されたがっているのだ。彼女を殺したところで意味がないと分かっていながら、思惑に乗ってやることもない。

リコリスは冷たい大気を取り込むことで、冷静であろうと努めた。

「国の真意はどうあれ、国民同士で争いが起きなかったのは、お祖母《ばぁ》ちゃんあってこそだわ。それに……お祖母ちゃんは、知っていて『死の森』を広げたんでしょう？」

確信に満ちた問いにも、王太后は僅《わず》かに目を細めるばかり。

ようやく、彼女の本質が見えてきたような気がする。

「あんたは、全てを背負おうとするのね。ゼルクトラに毒を盛ったり暗殺者を送り込んだりしたのも、分かりやすく疎んじていると見せかけるため？」

ゼルクトラは、王太后から命を狙われていると話していた。すぐにそれと分かる毒を盛るのは、彼女が悪になりきれないからだとも。

こうまで知略に長《た》けた者が、何年も無意味なことを続けるだろうか。

もしその行為に意味があるとするなら——自発的に城を出ていくよう仕向けるためではないだろうか。疎んじているふりを貫き、彼を自由にするために。

王太后が、初めて人間らしい表情を見せた。

皮肉げな笑みは自らに向けたものだろうか。

けれどそれこそが、彼女が隠し通そうとする母性の片鱗《へんりん》であるように思えた。

「どうしても、嫌われ役に甘んじていると思いたいらしい。罪のない幼子に暴力を振るう人間が、善きものであるはずがないというのに」

「ゼルクトラは、自分を殴った時、あんたの方が苦しそうだったと……」

「子に手を上げたのも、夫に毒を与え続けたのも、どちらも等しくわたくしの罪。——わたくしはただ禍根《かこん》を清算したまで」

リコリスは一瞬、何を言われたのか理解できなかった。

王太后は視線を流しつつ、夜着の裾を静かに翻す。見惚《みと》れるほど美しい挙措はさながら厳格な夜の女王そのもの。

呆然《ぼうぜん》とするリコリスを置き去りに、彼女は月光の届かぬ闇へと引き返していく。

「疾《と》く立ち去れ、善き魔女よ」

王太后は、決して振り返ることはなかった。

◇◆◇

凍えるほどの寒さにあっても妖精《ようせい》達は元気だ。

枯れ葉が落ちた枝は雪をまとい、のどかな陽光を反射してキラキラと輝いている。

冬の晴れ間、昼下がりとはいえ気温はなかなか上がらない。それでも珍しく青空が覗《のぞ》いていると、なぜだか心が弾む。

リコリスは棲家《すみか》の入口にある段差に腰かけ、楽しそうにじゃれ合っているベリルとアルプをぼんやりと眺めていた。

寒さを忘れるほど心の温まる光景だ。騒動を経て両者の仲はますます深まったらしく、アルプもすっかり森に馴染《なじ》んでいる。

「……アルプが嫌じゃないなら、名前を考えようかしら」

妖精としての通称ではなく彼自身の名前。

大概の妖精は名で縛られることを嫌うので、確認をとってからになるが。

ベリルのように名前を喜ぶのも、縛りを自身の力で跳ね返すことができるのもまれだ。

『魔女の姉ちゃん、やっぱりこのネズの木ってすげえなぁ！　この森にかかってる魔法の繋ぎ目だからか、魔力が濃くて側にいるだけで気持ちいい！』

『アルプ、それは神聖な木だ。登ってはならん』

『えー、何でぇ？　ベリルの兄貴みたいで大好きなのに！』

『だ……う、うむ。それならば、好きなだけ我の上にいればよい』

ネズの木の梢《こずえ》をすばしこく走り回っていたアルプが、嬉《うれ》しそうにドラゴンの背に飛び移っている。ベリルも羽を揺らして満更でもなさそうだ。

彼らの関係性、意外なことにベリルの方が振り回されているらしい。子育てに悪戦苦闘するドラゴンの姿は実に微笑ましかった。

その時、頭上で白いフクロウが旋回する。そのままネズの木の下に降り立ったかと思えば、フクロウは白髪の少年に姿を変えていた。

「ただ今戻りました。最近いつ見ても怠けていらっしゃいますね、我が主《あるじ》は」

ノアの声に険があるのは、彼自身が多忙を極めているためだろうか。それともリコリスが使い魔以外と楽しそうにしているからか。

リコリスは頰杖《ほおづえ》をついたまま、間延びした声を返した。

「おかえりなさーい、ノア。お腹空《す》いたー、このままじゃ食糧庫にあるチーズにそのままかじり付いちゃいそう」

「子どもじゃないんですから、朝の残りでも食べていてくださいよ」

呆《あき》れつつも、ノアは扉をくぐってキッチンへと向かっていく。リコリスはすぐさま彼のあとを追いかけた。

何を作ってくれるのだろうと期待して待てば、出てきたのはハムとチーズを挟んだバゲット。もちろんおいしそうだが、完全に朝食の残りに手を加えたものだ。

リコリスはへにょへにょとテーブルに突っ伏した。

「……最近、ごはんが手抜きじゃない？」

「何もしないでおきながら、文句を言える立場ですか」

「文句じゃないけどー……忙しすぎるせいじゃないかなってー……」

東西のウェントラース国上層部の忙しさは、今も継続中だ。

西ウェントラース王国の国王であるディルストが動いているのは当然だが、ゼルクトラもそれに協力しているため最近は会えていない。

ちなみに会えなくても全く問題ないレナルドも、盟主達との話し合いに東西での情報交換にと、忙しくしているらしい。

そのために駆り出されているのが、使い魔のノアだった。

情報交換をするのは主にゼルクトラとレナルドなので、迅速さを求める彼らに移動手段として使われているのだ。先ほどアルプと骨休めをしていた、ベリルまでもが時折駆り出される始末だった。

猫の手も借りたい気持ちは分かるが、悪魔のような使い魔をよくこき使えると思う。

「主人を放っておくなんて、裏切り者ー」

「至らぬ主人のためを思って奔走する使い魔に対し、暴言ですよ」

「至らぬ主人とか、そっちの方が暴言だから」

バゲットはしっかり温められており、残りものとは思えないほどおいしい。ハムだけでなくスクランブルエッグもこっそり挟んであって、嬉しい驚きだった。

けれど、もそもそと食べるリコリスの表情に覇気はない。

「構ってもらえなくて寂しいですか？」

「何よー、その皮肉っぽい感じ。言っておきますけど、私をすぐ助けに来てくれなかったこと、未《いま》だに根に持ってますからねー」

イェールが公国から無事帰国し、王太后に真実を問い質《ただ》した。その時はリコリスだって精力的に活動していた。

それなのに全てを成し遂げ、一度棲家に落ち着いてしまえば……なぜだか、動けなくな

って しまった。ようするに燃え尽きたのだ。

「それは働かない理由にはなりません。また引き籠《こ》もりに戻るつもりですか?」

「なーんか、気が抜けちゃったのよね。【追憶の香水】を作ったりフレーゲルと真っ向勝負をしたり、私にしては結構頑張った方よ。しばらくはだらだらさせて」

「せめてユールの祝祭までには、調子を取り戻してほしいものですね」

ノアはもう怒る気にもならないのか、調理後のあと片付けをはじめた。このあとすぐに出発する予定なのかもしれない。

彼の背中を眺めながら、調理器具がカチャカチャとぶつかり合う音に耳を澄ませる。

今日は射《さ》し込む陽光のおかげもあって、室内なら比較的過ごしやすい暖かさだ。穏やかな時間に、リコリスの心は次第に安らいでいく。うたた寝をしそうなほど優しい日常。

片付けを終えたノアが、そっと近付いてきた。

「……あなたが最近、何かを深く思い悩んでいることくらい、気付いておりますよ」

リコリスを見下ろす瞳《ひとみ》は、祖母によく似ていた。

静かな愛情を、確かな絆《きずな》を感じさせる、金色の眼差《まなざ》し。

彼はどこまで気付いているのだろう。

向けられる笑みは何もかもを見透かすようでありながら、リコリスを許し、また包み込むようでもあった。

「あなた自身が悩み抜いて出した答えなら、後悔をすることなど決してありません。どれほど辛《つら》く重い決断でも、涙が乾けば胸を張って前を向ける。……私は、いつでもリコリスの側におりますから」

ふわりと髪を撫《な》で、ノアは棲家をあとにした。

一人になったリコリスは、窓の外で雪遊びをする妖精達を眺める。

アルプはまだ生まれたばかりの未熟な妖精だが、ベリルは何百年も生きたドラゴンだ。様々な見聞を知識として吸収しているだろうし、同じく魔力から生まれたもの同士であっても、見える世界は違うのだろう。げんにアルプは、ノアを未だにただの人間だと勘違いしている節がある。

ある秋の日、ベリルと並んでまったり庭を眺めたことがあった。

『……そなたにとって、あの木は特別であろうな』

ネズの木を見つめるベリルの呟《つぶや》きの静けさを、今さらになって鮮明に思い返している。

何度も、何度も。

悠久の時を生きる彼に、あのネズの木はどのように映っているのだろうか。

アルプが放り投げた粉雪が風に舞っていく。

キラキラ、キラキラ。夢のように幻想的。

「──いつまで間抜けな顔でボーっとしているのよ、馬鹿なんじゃないの？」

突然の罵声《ばせい》に、うまく反応できない。

リコリスは意思のない人形になって、声がした方へとぎこちなく振り返る。

「わざわざ訪ねてきたっていうのに、あの使い魔とやらがいないと客人をもてなすこともできないわけ？　あなたにしては珍しく深刻そうな顔をしているから、声をかけずにずっと待っていてあげたんだけど」

勝手に上がり込みふんぞり返っているのは、ラナンキュラスだった。

当たり前に侵入しないでほしいし、そのくせもてなしを強要しないでほしいし、こちらが招いたわけでもないのに何をしに来たのかと問いたい。また皮肉を言いに来たのかと。

けれどリコリスの口からこぼれ落ちた疑問は、実に間抜けなものだった。

「ずっと、待ってたの？」

いつもならばもう少し口が回るはずなのに、やはり本調子でない。頭の回転が遅くなってしまったようで、ラナンキュラスにまで呆れた顔をされる。

彼女は盛大に嘆息しながら答えた。

「それはもう、長いこと。天井を見上げたり突然首を振ったり、ため息をついたかと思えば眉間《みけん》にシワを寄せたり。一部始終笑いを堪《こら》えながら見物していたわ」

「そこは見なかったふりしてよ、本当に容赦ないわね……」

恥ずかしいことこの上なく、リコリスはテーブルに額を預ける。

ラナンキュラスにとってはどうでもいいようで、一切気にせず正面の椅子に座った。

恨めしく思いつつ、彼女が初めて見せるくつろいだ様子に目を奪われる。いつもラナンキュラスを覆っていた、刺々《とげとげ》しい敵愾心《てきがいしん》がない。

「何か、あった？」

「問題が起きたからってあなたに助けを乞うと思う？　一応イェールガ公国の内部事情にかかわったあなたに、報告に来たまでよ。伯父《おじ》のことも気になっているでしょうし」

ミュゲが起き上がれるようになったからと、あとのことはラナンキュラスに引き継いで帰国したのだ。確かに彼がどうしているのか気になる。

「元気でいるわよね？【追憶の香水】の反作用は、もう出てない？」

「あの人は、出て行ったわ」

「……え？」

リコリスは思わず立ち上がっていた。

別れの挨拶《あいさつ》をした時、ミュゲはいつもと変わらぬ笑顔を保っていた。反作用で年老いてしまったことも貫録《かんろく》が出てよかったと楽観的に受け止めていた。

けれどあれは、リコリスの前だから気丈に振る舞っていただけなのかもしれない。実際は思い詰めるあまり、誰も自分を知らないところへ逃げようと——？

「何を考えているか大体想像つくけど、悲観して行方をくらましたわけじゃないからね」

よほど悲愴《ひそう》な顔をしているのだろう、ラナンキュラスはリコリスを眺めながらせせら笑った。頬杖をつき、鮮やかな唇に笑みを乗せる。

「自由を満喫したいのですって。血の盟約という軛《くびき》から解放され、年齢相応の外見を得たからには、夢だった放浪の旅に出るしかないと」

脱力したリコリスは、へなへなと席に戻った。

生き生きと旅立っていくミュゲが簡単に思い浮かぶ。

儚《はかな》げな容貌《ようぼう》とは裏腹にフレーゲルを何年も欺き続ける強《したた》かさがあるのだから、リコリスが心配をする必要はなかった。

「まぁ、連絡をとれないのは一緒だけどね。おかげでこっちはいい迷惑。自分だけ逃げて全て丸投げ、とばっちりで私は大公宮に残留よ。フレーゲルが存命の頃から政務に携わっていたし、責任からは逃れられないし、後始末が回って来るのも仕方がないけど」

魔術の腕以外も利用されていたとは、ラナンキュラスはずいぶん無理を強いられていたらしい。引き継ぎさえしてしまえば、ミュゲのように解放されるのではないだろうか。

「無理して大公宮に留《とど》まることはないわよ。あんたにとっては嫌な思い出しかない場所でしょうし、フレーゲルに命じられていただけのあんたが責任をとるなんて……」

自信のなさから声は次第にしぼんでいき、ついには途切れる。

血の盟約から逃れられなかったとはいえ、ベル渓谷の魔女達はフレーゲルの悪行に加担していた。ミュゲの証言からも多くの命を犠牲にしたのは紛れもない事実であり、後悔は生涯ついて回るだろう。

償いたいというのなら、それも一つの選択だった。

それでもリコリスは、罪の清算に一生を費やしてはあまりにやるせないと思うのだ。当事者でもないのに偉そうなことは言えないけれど、自由を知らないまま死んでいった魔女だっているはずなのに。

口を噤《つぐ》むリコリスに、ラナンキュラスは目を細めた。

「あなた今日、だいぶ調子が悪そうね。いつもの悩みなんて一つもなさそうな締まりのない笑みはどうしたのよ？」

「……あんたって、私のこと心から馬鹿だと思ってるわよね」

「薬草をすり潰《つぶ》す最中に手が汚れたら、スカートじゃなく手巾《しゅきん》で拭《ぬぐ》いなさいよね。子どもじゃあるまいし、毒草を扱うこともあるのに軽率すぎるわ」

「待って、あんた本当にどこまで見てるの⁉」

それはリコリスのなかなか直らない癖で、ノアにもしょっちゅう注意をされている。

他人に相談したことはないから、完全に盗み見されていたのだろう。人権がない。

ラナンキュラスは、突っ込む気力も尽きたリコリスをしばらく観察してから口を開く。

「大体の事情は伯父から聞いたと思っていたわ。これは知っていると思うけど、あの人は私の母の兄。そして母は……まだ若い時分に、魔力を持つ子が欲しいと考えたフレーゲルに、無理やり手籠《てご》めにされた。——私を産んで、すぐに命を絶った」

リコリスは今度こそ言葉を失った。

強く握りすぎたこぶしが震える。

そこに生まれ落ちた子どもが口にするには、あまりにむごい話。ラナンキュラスの瞳が荒《すさ》んでいた理由を、本当の意味で知った気がした。

「伯父は私を、フレーゲルから隠すようにして育てた。それでも、親子であることは変えられないわ。だからこそ私には、あの男の負の遺産を処理する責任があるの」

彼女にとっては、償いの他にも理由があるのか。

ならばなおさら立ち入ることはできない。

俯《うつむ》いていたリコリスだったが、ふと疑問が頭をもたげる。

ミュゲはなぜ、ラナンキュラスの存在を隠したのだろう。

フレーゲル自身が魔力を持つ子を欲していたというなら、他の子孫に比べたら命の危険は少なかったのではないだろうか。実験に選ばれることもないのだ。

リコリスは、ある恐ろしい想像に行き着いてしまった。

「ねぇ……もしかして、フレーゲルの野望は、あと少しというところまで来てたんじゃない？　魔力を持つ子どもなら、あるいは——……」

自我を壊して空っぽになった器に、生まれ落ちてから全ての記憶を追体験させる。同じ容貌、同じ思想を持つもう一人の自分は、魔力を持つ体さえあれば実現できるのではないかと——ミュゲは懸念したのかもしれない。

隠しようもなく震えるリコリスに、ラナンキュラスはぐっと顔を寄せた。

「それはつまり、私がフレーゲルにそっくりということかしら？」

艶《つや》やかな黒髪が、彼女の肩口から流れ落ちる。

リコリスと同じ色合いのはずなのに蠱惑《こわく》的にしか見えない瞳と、それを密度濃く縁取る長い睫毛《まつげ》。目を凝らしてもシミ一つ見当たらない肌。珊瑚《さんご》色の唇。

どれをとっても芸術としか称《たた》えようがなく、リコリスは緊張した体から力が抜けていくのを感じた。完璧《かんぺき》な美貌はフレーゲルとは似ても似つかない。

「そうよね……性別だって違うし」

なぜかそこでラナンキュラスが急に黙り込むから、だんだんと不安になって来た。そういえばミュゲのような例もある。

「えっ、女の子よね？」

「どっちだと思う？」

彼女が楽しげに目を瞬《しばた》かせるたび、鳥が羽ばたくように軽やかな風が巻き起こる。吸い込まれそうで、リコリスはどぎまぎしてしまう。

「あのアルプは何も教えてくれなかったの？　妖精《ようせい》は基本的に、質問したことにしか答えないものよ。そんなことも分からないなんて本当に未熟ね」

それはつまり、伯父であるミュゲと同じく——いや、からかい混じりの口調からも、単に惑わせているだけという可能性も否定はできない。まさに今だって、彼女はリコリスの反応を面白そうに眺めているのだ。

ラナンキュラスの顔がさらに近付く。濡《ぬ》れたように輝く金色の瞳《ひとみ》に、口を半開きにしたリコリスが映っていた。

唇が頬に触れ、離れていく。

「性別なんて、どちらでも大差ないじゃない。男だろうと女だろうと——私は、あなたのことが大っ嫌い」

睦言《むつごと》を囁《ささや》くように毒を吹き込むと、ラナンキュラスの体はすぐに離れた。暇《いとま》を告げることはない。動けないリコリスをとり残し、翻弄するだけ翻弄し、彼女は去っていく。まるで嵐のようだ。

「——じゃあキスの意味あった!?」

ようやく抗議ができるようになった時にはもう遅い。

ラナンキュラスはひらりと笑みを残してから、文字通り姿を消した。

華やかでありながら邪悪という、とびきり彼女らしい笑みだった。

リコリスは気分を紛らわすため、再び庭に出ていた。

やけに疲れていて、ベリル達のじゃれ合う声が遠い。ネズの木の幹に触れながら大きなため息をつく。

全く憎たらしいのに、ラナンキュラスには覚悟を見せつけられた気分だ。

血の繋《つな》がりゆえの責任があると言い切った彼女の眼差《まなざ》しは別人のごとく潔く、悪態も出てこなくなってしまう。

親の罪を子が背負う必要はないのに、決意を秘めた瞳を前にしたら説得など無意味なのだと分かった。それが彼女の断ち切り方なのだと、痛いほどに伝わったから。

リコリスは、頭上の鋭い葉を見上げる。

常緑針葉樹であるネズは、冬になっても姿を変えず佇《たたず》んでいた。

「禍根を清算、か……」

前に向かって進みはじめているのだ、誰もが。

独立闘争の元凶とも言えるフレーゲルが消え、物ごとの全てが変化していく。

病弱ということになっていたゼルクトラも表舞台に立つ機会が増え、今やディルストと二人で国を引っ張っている。それに対し王太后が静観の構えでいるのは、彼女自身もまた変わったからなのだろう。レナルドだって伯爵令息に戻るだけでなく、今回の働きで否応《いやおう》なく発言権を増すはずだ。

風がネズの葉を揺らしていく。

決断をいつまでも先延ばしにはできない。

リコリスも、覚悟を決めなければ。

「──妖精女王」

風に乗せてそっと呼びかける。

フツリと、ベリルやアルプの声が途切れた。世界から隔絶されたように、頬を撫《な》でる冷たい風さえ感じなくなる。

目の前にあるのはネズの木と、その傍らに佇む小鹿のみ。

茶色の体毛に白い斑点《はんてん》模様の散った愛くるしい小鹿には、以前にも会ったことがある気がした。華奢《きゃしゃ》な脚に、まだ柔らかそうな蹄《ひづめ》。潤んだ黒い瞳はどこか知性を感じさせるもので、凛《りん》と輝いている。

おそらく妖精女王が、現世に顕現するための仮初めの姿。

森そのものといっても過言ではない存在で、リコリスの前にそれと分かるよう現れたことはこれまで一度もなかった。祖母だけを特別に扱う孤高の妖精。

けれど、この呼びかけにはきっと応《こた》えてくれるだろうと思っていた。

あまりに予想通りでリコリスは切なく笑う。

独立闘争が、イェールガ公国への抑止力だったとしたら。その脅威が去り、ウェントラース国が再び一つになろうと動き出したなら。

……『死の森』もまた、元に戻らねばならない。

「妖精女王、私と取引をしましょう。今すぐ『死の森』を、元の大きさにしてほしいの」

声が詰まりそうになる。

リコリスは強く瞑目《めいもく》し、また無理やりに笑った。

ミュゲと話した時から予感はしていた。

エニシダは、フレーゲルが【追憶の香水】を求めても拒絶したという。

独立闘争の裏に隠されたものを知っていたからこそ断ったのではないかと、リコリスは疑念を抱いた。

そしてそれは、王太后と会ったことで確信に変わる。

冷たくあろうとする彼女の瞳の奥に垣間《かいま》見《み》えた、僅《わず》かな親愛の片鱗《へんりん》。

あの時、エニシダと王太后は、依頼人と魔女という関係ではなかったのかもしれないと思った。それも含め、共に苦境を乗り越えた、まるで戦友のような。

おそらく王太后は、イェールガ公国との冷戦について相談していた。祖母はフレーゲルの依頼が舞い込むより以前から、彼の危険な思想を知っていた。

だとしたら、エニシダならば手を貸すのではないだろうか。

【追憶の香水】を求めるフレーゲルの魔の手から逃れたいという私情もあったに違いないが、何より国を懸命に守ろうとする友人を、支えるために。

独立闘争が起こることを事前に知っていたとしたら、祖母ははじめから、『死の森』を元の面積に戻す方法にも、算段を付けていたのではないだろうか——……。

リコリスにとって、祖母が妖精の国に渡ってしまったことは死と同義だった。

けれど、エニシダが何を成そうとしていたのかを考えれば、嫌でも気付いてしまった。

祖母が行った取引は実に巧妙だ。

妖精女王が喜んで受け取るだろう対価を、あらかじめ残していたのだから。

妖精の国へは、体を持ったままではいけない。

とはいえ魂だけとなればその存在は希薄だ。

魂だけでも妖精界での暮らしに支障はないだろうが、妖精達にとって気に入った人間を永く側に置く最も理想的な方法は、現世にある肉体を消滅させること。肉体的な死を経ることで、より存在が妖精に近くなるからだ。

祖母は妖精女王との取引に、命までは差し出していない。妖精の国へ行くと言っただけで、命——魂の抜けた空っぽの肉体は、まだこちらの世界にあるのだ。

取引の意味にずっと気付かずにいた。

あの日、どこを探しても遺体はなく、肉体ごと妖精女王に奪われてしまったのだと、永遠に祖母を失ってしまったのだと、泣き叫びながら受け入れたのだ。

リコリスの頬はいつの間にか涙で濡れていた。

外界から切り離されても周囲の景色は変わらない。美しい銀世界に、どこまでも澄みきった青い空。こんなにも輝かしい日。

リコリスは嗚咽《おえつ》を堪《こら》えようともせず、ネズの幹に額を当てた。

全ての答えはネズの木にあった。

ベリルは分かっていたのだろう。

彼のエメラルドの眼には視《み》えていたのだ。ネズの木は妖精女王がかけた惑わしの魔法の繋ぎ目。そして――エニシダの肉体が眠る場所。

なぜ自分はこうも未熟なのだろう。

もっと早く気付けていれば祖母を取り戻せたかもしれない。

『死の森』が広がっていなければ国がどうなっていたか分からないけれど、リコリスは何もかも放り出してでも祖母の側にいたかった。ただひたすら自分本位に思う。

けれどもう全てが遅すぎる。魂と肉体の離れている時間が長すぎたために、エニシダが現世で目覚めることはない。

そして祖母自身、既に死を受け入れているのだろう。

エニシダがどういった意図で取引をしたのか、またリコリスに何をさせたかったのか。

リコリスは、食いしばった歯の隙間から、言葉を押し出した。

「取引の対価は――お祖母《ばあ》ちゃんの命よ」

きっとはじめから、この取引を行わせるつもりだった。

ひどい。孫に対して何てひどい仕打ち。残酷だ。

そう考えた時、リコリスは思わず笑ってしまった。

そうだ。エニシダは優しいけれど、修行となると一切の妥協を許さぬ厳しい人だった。冷厳で静謐《せいひつ》でありながら、途方もない愛情をも秘めていた人。

もしかしたらこれも、祖母にとっては修行の一環でしかないのかもしれない。甘ったれで未熟な孫娘を、一人前の魔女にするための。

はなをすすっていると、小鹿が語りかけてきた。

『そなたは、それでよいのか？』

リコリスは目を丸くして固まった。妖精女王が口を開いたことにも驚いたが、こちらの心情を慮《おもんぱか》る姿勢を見せたことも信じられない。

エニシダの孫だから、という理由なら、祖母の妖精界での暮らしは辛《つら》いものではないのだろうと少し安心した。妖精女王は祖母に寄り添ってくれている。

リコリスは泣きすぎて熱を持つ目元を乱暴に拭《ぬぐ》い、不敵に笑って見せた。

「おかしなことを訊《き》くのね。いいも悪いも、お祖母ちゃんはもうこの世にいない」

力強く言い切れば、小鹿はもう問い返したりしなかった。

『——取引に応じよう』

茶色の体毛が、光沢のある虹《にじ》色を帯びて淡く輝き出す。

その光はどんどんと広がり、リコリスを、『死の森』を包んでいく。どこまでもどこまでも、国土の三分の一を覆い尽くす木々の群れをくまなく。

ネズの木は、幹の中ほどが一際強い光を放っていた。咄嗟《とっさ》にすがり付くも温《ぬく》もりは感じられず、返ってくるのは冷たく硬い樹皮の質感ばかり。

最後に少しでも何か、祖母を感じられるよすががあれば。

その一心でリコリスは口を開く。

「お祖母ちゃん……ずっと、側にいてくれてありがとう。育ててくれてありがとう。楽しかった。幸せだった。私はもう、大丈夫だから、安心してね。これからも、ずっとずっと忘れない……ずっと、大好き……」

ネズの幹が宿す光が細かな粒子となって、砕けるように散っていく。一斉に舞い下り、リコリスへと降り注ぐ。

飽きもせず流れる涙を拭うように撫でていく光の粒は、なぜかとても温かく、懐かしい匂いがした。

目をつむっていたリコリスは、髪を揺らす風にふと気付く。

見上げた先で、さやさやとネズの枝葉が揺れていた。陽光の眩《まぶ》しさを感じ、あの空間には太陽がなかったとようやく思い至る。

実感を伴う世界。リコリスは現世に還《かえ》ってきたのだ。

それなのに、雪遊びをしていたアルプの歓声が聞こえてこない。不思議に思って振り返ると、ベリルは神妙な面持ちでリコリスを見つめていた。

やはり彼は、全てお見通しらしい。

『リコリス……無事、務めを果たしたようだな』

「まぁね。……ベリル、ありがとう。ずっと見守ってくれてたのね」

リコリスは慌てて涙を拭《ふ》き取り、何でもないふりを装う。子どものように泣いてしまったことが、現実に立ち返ると恥ずかしくなってくる。

アルプは何かが起こっていたことすら気付いていない様子なので、もしかしたら『死の森』を包んでいたかに思えた光は、あの閉ざされた空間だから見えたのかもしれない。

「ベリル、森にかかっていた魔法は……」

『安心するがよい。惑わしの魔法は多少残っているようだが、他は全て元通りだ』

「そうなのね。よかった……」

もし全てが幻だったらと危惧《きぐ》したが、妖精《ようせい》女王は約束を守ってくれたようだ。

森の中からでは、元の大きさに戻ったという実感がいまいち湧かない。

祖母の代では今より依頼人が多かったので、これから忙しくなるのだろうか。『死の森』に人が溢《あふ》れかえるような事態もあり得る。いよいよ本格的に引き籠《こ》もりを脱却する時が来たかもしれないと、一抹の不安がよぎった。

アルプはリコリス達のやり取りを聞いて、しきりに首をひねっている。

『務め？　元通り？　何のことだ、魔女の姉ちゃん？』

「うーん……卒業試験を受けて、とにかく頑張ったってところかしら」

『そつぎょうしけん？　ふぅん、人間ってよく分かんねぇや』

思考を放棄したアルプは、ひょいとリコリスの腕の中に飛び移った。何をするつもりかと思えば、もこもこの小さな前脚で頭を撫でてくる。

『頑張ったんなら、お疲れ様』

その手付きは意外にも慎重で、顔に触れる灰色の柔らかな毛も心地よい。優しい温もりに再び涙が込み上げてきた。

「ありがとう、アルプ」

感謝を告げてから、リコリスはちらとベリルに視線を送る。

察しのいい彼はすぐに小さくなると、パタパタと飛んでリコリスの腕に降り立つ。愛くるしい妖精達を力いっぱい抱き締めながら、リコリスはまた泣いた。

人形のような扱いにアルプは終始文句を言っていたが、ベリルは一言も不満を漏らすことなく役に徹し続けてくれた。

リコリスの涙が完全に止まるまで。

◇◆◇

ウェントラース国を東西に分かつように存在していた、『死の森』。

独立闘争以来国土の三分の一を占めていた広大な森が突如として元の大きさに戻ったことで、国内は一時騒然とした。

『死の森』が広がった当時、昨日までの隣家が森を挟んで遠く隔たれた場所に移動していたのだが、今回は丸きり逆のことが起こった。

五年前までの隣家が当然のような顔でそこに建ち、森に弾《はじ》き出されたはずの全てが元に戻っていたのだ。

たまたま仕事に出かけていた家族や、近所に住んでいたはずの恋人や友人。なかなか会えない距離に引き離されていた者達も、全て元通り。

伝説の魔女に匹敵——いいや、それ以上の偉業ではないか。

国民は『死の森』が広がった時と同様、恐れつつも称《たた》えるようになった。

『死の森』に棲《す》まうのは、伝説の魔女を凌駕《りょうが》する魔女。

神話の魔女だと——。

◇◆◇

「やぁ、神話の魔女殿」

「帰ってください」

ふくよかな顔にはち切れんばかりの笑みを乗せたディルストを、リコリスは問答無用で締め出しにかかった。背後に騎士その一もいたが関係ない。

「『死の森』が縮小したおかげで、体力に自信のない私でもこうして魔女殿を訪ねることができるようになった。王城からも近いし嬉《うれ》しいことだよ、神話の魔女殿。きっとあなたも色々なところに出かけているのだろうね、神話の魔女殿。あぁそうだ。訪問しやすくなった分、やはり依頼人の増減はあるのだろうか、神話の──……」

「馬鹿にしたいだけなら本当に帰ってくれる⁉」

扉越しに聞こえてくる絶え間ない口撃に耐えかね、リコリスはディルストを招き入れるしかなかった。してやったりという笑顔が憎々しい。

『死の森』が元の大きさを取り戻してから、一週間が経った。

魔女の棲家《すみか》は来訪者が急増するかに思われたが、驚くほど落ち着いていた。

ベリルいわく多少残っているという惑わしの魔法が興味本位で近付く輩《やから》を制限しているのと、ドラゴンをはじめとする『死の森』に棲む人でないもの達の噂《うわさ》のせいだ。

元々、妖精女王の加護が強いため妖精の数は多かった。今回『死の森』が元の大きさに戻ったことでねぐらを変えるものも多く現れるだろうと思いきや、なぜか留《とど》まるものが多数派。おかげでむしろ妖精の密度が高まってしまった。

目には映らずとも数が集まればそれなりの存在感があるらしく、大抵の者は恐れをなして引き返していく。

やって来るのはよほどの怖いもの知らずか、強い願いを握り締めた者、そしてディルストのように図々《ずうずう》しい者くらいだ。

リコリスは雑に淹《い》れた紅茶を提供してから、荒っぽく席に着いた。

「今後一度でも神話の魔女と呼んだら依頼も協力も受けません、結婚しろという周囲の圧にうんざりしてソーニャに熱烈な求婚をした国王陛下様」

じろりと睨《にら》みつければ、ディルストは決まり悪そうに目を逸《そ》らした。

「これは耳が痛い。会うたび正面切って非難されると私も辛いな」

「じゃあそっちも少しは遠慮しなさいよ。想像してみて、生きてるのに神話扱いよ。伝説っていう格好いい表現はもう使っちゃったから、何とか絞り出してみましたって言わんばかりじゃない。完全に苦肉の策でしょ」

リコリスはこの恥ずかしすぎる呼称のせいで、引き籠《こ》もりを脱却するどころかますます外を出歩けなくなった。

ディルストも陰では噂の的にされ、居心地の悪い思いをしているのかもしれない。

「まぁ、冗談抜きでソーニャのこと、ちゃんと本人の了承を得てるんでしょうね？　利用だけして運命の相手に巡り合えたらあとは関係ないなんて、あんたには許されないわよ」

国王に求婚されたという肩書きは、今後一生ソーニャについて回る。

亡夫一筋の彼女自身は気にしないかもしれないが、今後のことを考えれば用済みになったからと放り出すのはあまりに無責任だ。

「あなたのような味方がいれば、ソーニャも心強いだろうね」

そう言って笑うディルストの表情は苦い。

直前に飲んでいた紅茶のせいもあるかもしれないが、リコリスはそこに彼の本音が紛れているような気がした。

「……もしかして、結構本気なの？」

ディルストは表情を変えなかったけれど、彼の背後に立っていた騎士その一の態度は顕著だった。大量の汗を噴き出しながら咳《せ》き込んでいるし、目も泳いでいる。本当にいい意味で対照的な主従だ。

「大丈夫、騎士その一？」

リコリスは可哀想《かわいそう》になって、手付かずだった自分の紅茶を差し出した。

素直に口を付けた彼はますます激しく咳き込み、涙目になっている。

「わ、私には……ジェイクという名があります」

ついに騎士その一の名が明らかになった。

リコリスは軽い感動を覚えながらも、しっかりからかっておく。

「なるほど、ジェイクっていうのね。改めてよろしく。ちょっと長すぎるし、これからは『騎士一』って呼ぼうかしら」

「……騎士その一でいいです……」

他に選択肢はないのかと、騎士の顔は虚《うつ》ろだった。

リコリスは少し調子を取り戻した気になって、ディルストに笑みを向ける。

「大切な話をする時は、彼を側に置かない方がよさそうね？」

「腹芸ができないところが、彼の長所でもあってね……」

「あんたにだって意外な長所があるじゃない。酸いも甘いも嚙《か》み分けた小賢《こざか》しい男かと思いきや、実は純情なのね」

反論もせず黙り込む様子は、不器用な彼の実兄と重なる。

世《せ》継ぎを急かす重臣達を牽制《けんせい》する目的での求婚だと思っていた。実際そういった側面もあるだろうし、ソーニャから承諾をとり付けられたのもあくまで契約で押し通すことができたからだろう。だがそれは、建前でしかない。

ディルストの性格を知っているリコリスとしては、契約にかこつけて愛が欲しいと主張するいじらしさが、本当に意外だった。

「決して自分になびかないと分かってる相手を好きになるなんて、あんたも難儀な奴ね」

亡き夫のクルセーズ姓を名乗り続けていることからも、彼女の心は僅《わず》かにも動いていないのだろう。ディルストの求婚に純粋な好意が紛れ込んでいるなんて、想像もしていないかもしれない。

離縁の取消を認めたのが誰あろうディルスト自身なのだから、さらにややこしい話だ。

「とりあえず、あそこの両親には気を付けて。ソーニャのためにも、あんたのためにも」

「……あそこの両親が、怪しげな縁談にも喜んで飛び付いて問題を起こすから、ソーニャに頼られるという利点もあるんだ」

「やだ、腹黒い本音だけどちょっと可愛い」

不意打ちで素直になるから少しときめいてしまった。

突然方向性を変えるなんて、ゼルクトラといい、兄弟揃ってあざとい。

「どんなところを好きになったのか、聞いてもいい？」

「……意志の強いところ。柔軟で、でも一途《いちず》に亡き夫を想っているところ」

「急に色々白状したってことは、あんた実は誰かに話したくて仕方がなかったんじゃないの？　国王ともなれば恋の話なんて軽率にできないものね。他に告白したいことは？」

「少々危ういほど華奢《きゃしゃ》なところも堪《たま》らない」

「今度は急に男の欲望剝《む》き出しね」

「言い方！　そういったところも守ってあげたくなるということであって、断じて欲望の赴くままの発言ではないよ！」

「下心一切なしとは言えないくせに」

面白がってからかいすぎたか、ディルストは真っ赤になった顔を隠してしまった。

この熱意があるなら、リコリスの出る幕はなさそうだ。彼はひた向きに、真摯《しんし》に、ソーニャへの想いを実らせていくことだろう。むしろ秘薬など無粋になる。

「この件に限っては秘薬なんて必要ないだろうけど、話くらいならいくらでも聞くわよ。騎士その一じゃその辺の心の機微に共感してくれないだろうし」

「……多方面に失礼だけれど、恩に着るよ」

楽しい話を切り上げ、ここからは本題に入る。

ディルストは居ずまいを正してから口を開いた。

「兄上がなかなか顔を出さないことからも分かると思うけれど、国を再びまとめるためにはまだ時間がかかりそうだよ。この五年で勢力を上げてきた貴族達からしてみれば、今さら旧体制に戻られても困るようでね」

盟主として王国貴族から離脱していた者は、レナルドの父親以外にも数名いる。

彼らの貴族籍を復活させれば、現在保たれている秩序が乱れることは想像に容易《たやす》い。

トラトアニ領盟主に至っては、元々所領を複数保有していたため、今回の実績を鑑みてそのいずれかをレナルドが賜る手はずになっているのだと、ディルストは話した。

「領地を与えられるってことは、叙爵されるのね。まぁ、一人息子だからいずれは伯爵位を継ぐんでしょうけど」

　とはいえ、リコリスには関係のないことだ。

　軽い相槌《あいづち》で適当に流せば、ディルストはなぜか同情の眼差《まなざ》しになった。気になるけれど、それよりも話しておきたいことがある。

「……王太后とは、今回の件については？」

　口にする時、リコリスはひどく緊張していた。

　ディルストも分かっているだろうに、あえて軽い口調で答える。

「母上が切れ者だったとは、予想外もいいところだよね。政策についても色々相談したいことはあるけれど今は静観されておられるし、本音を言えば政治手腕を見定められているようでやりづらいかな」

「そう……私も、会ったわ」

　冷たく青白い月だけが二人を見下ろしていたあの夜。

　リコリスを追い返す直前、彼女が平然と言ってのけた言葉。

『子に手を上げたのも、夫に毒を与え続けたのも、どちらも等しくわたくしの罪。――わたくしはただ禍根を清算したまで』

　冷たいものが背筋を伝い落ちるがごとく、怖気《おぞけ》が走った。

確かに、先王がいないからこそ円滑に動くことは多々あっただろう。

実妹と国家を天秤《てんびん》にかけてしまえる人だ。周囲の者は、いつまた判断を誤るかと気が気じゃないはず。何年にもわたり病床に臥《ふ》したことは実に都合がよかった。

そう、都合が良すぎたのだ。

……王太后が使用したのは、秘薬の【毒薬】ではないだろうか。

生かさず殺さず、思考を許さず、ディルストが成人し即位するまで……息をする人形でいてもらうための【毒薬】を求めた。

当時最愛の妹を亡くしたばかり、気落ちから病を発症したと周囲も受け止めてくれる。

長患いも仕方のないことだと。

では、その秘薬の出どころは？

そう考えた時に思い浮かんだのは、王太后が祖母に向ける戦友めいた感情。

あれが意味するところは……同じ罪を背負っているということではないだろうか。

つまり先王陛下を、ゼルクトラとディルストの父親を殺したのは――……。

「――魔女殿」

鋭くも落ち着いた声音が、ぴしゃりと思考を遮る。

顔を上げると、ディルストは神妙な表情で首を振った。

「その先は考えなくていい。何もかも、推測でしかない。……推測のままでいい」

リコリスは青灰色の瞳《ひとみ》を直視できず、無言で俯《うつむ》く。

彼に甘えてしまっていいのか分からなかった。ラナンキュラスがそうしていたように、身内の罪にはきちんと向き合うべきではと考えずにいられない。

ディルストは、重い沈黙など臆することなく笑い飛ばしてみせた。

「それを言い出すのなら、私の方がよほど罪深いと思うのだけれど。あなたの祖母殿が亡くなった間接的な原因は、我が両親にあるというのに」

彼は秘めごとを囁《ささや》くように顔を寄せた。

「ねぇ——私を殺したい？」

リコリスはごくりと喉《のど》を鳴らした。

狡知《こうち》に長《た》けた者達とわたり合い国を守って来たディルストの気迫に、圧《お》されている。細く息をついて、何とか恐れを誤魔化した。

「……国王のくせに、もし私が頷《うなず》いたらどうするつもりなのよ」

「少し時間をもらえれば、引き継ぎは十分に可能だよ」

「そんな食堂の手伝いでもあるまいし」

「フフ、それはいいね」

面白いたとえだと笑うディルストは、既にいつもの親しみやすさを取り戻していた。

「みんな真面目だよね。抜くべきところは抜かないと、王様稼業なんてやっていられないよ。親の罪を引き継がねばならないなら、私など首が幾つあっても足りないだろうね」

「あ、あんたって……」

普段から広い視野で物ごとを捉《とら》えている、彼らしい大胆な意見。

目から鱗《うろこ》が落ちるようだった。

リコリスだってラナンキュラスと話した時、無理に罪の清算をする必要はないと思っていたのに、自分のこととなると思い詰めていたのだ。

あまりの豪気さに呆然《ぼうぜん》とするしかないリコリスと違い、慣れきった様子の騎士その一がすかさず小言をぶつけている。

「あなたは皆様を見習って、少しくらい真面目になるべきでは？」

「真面目は周りがやっているから、私は気を抜く方に注力しているのさ。役割分担だね」

「そちらを分担する必要性は感じられませんが」

「えー、そんな四角四面だから婚約者に逃げられてしまったのではない？」

「逃げられてない、多忙な俺を気遣って距離を置いてくれているんだ」

リコリスは堪《たま》らず噴き出した。

素の騎士その一も面白ければ、私生活も意外すぎる。

気の置けないやり取りにすっかり脱力したリコリスは、笑いの抜け切らないまま騎士その一を見上げた。

「あんたの苦労話も、よかったら聞くわよ」

「………」

「それは楽しそうだ。今日はこのあと公務が控えているから難しいけれど、近い内に実現させたいものだね」

愚直な青年は無言で抵抗を示したのに、そんな努力さえ主人がふいにするのだ。しかもしっかり自分も参加するつもりでいる。

リコリスは元々王族が嫌いだった。

けれど偏見を捨ててみれば、ディルストもとても付き合いやすい人間だった。これは、独立闘争で祖母を喪《うしな》ったというわだかまりが解消されたからこその発見だ。

「ディルスト……ありがとう。今度はノアがいる時にでも来てちょうだい。ゼルクトラが入り浸りになるほどおいしい食事を、あんたにも用意してくれると思うわ」

「ハハ、これはまた楽しみが増えたね」

彼は立ち上がると、懐から手の平ほどの小箱を取り出した。

「名残惜しいけれど、私はそろそろ行くよ。兄上の予定だけは強引にこじ開けておいたから、今日は存分に楽しむといい」

「え？」

訊《き》き返すリコリスに愉快そうな笑みだけを残して、ディルストは去っていった。騎士その一はきっちりと頭を下げてから。

あとに残されたのは、渋い紅茶とリボンが施された小箱。

難しい顔で考え込んでいたリコリスだったが、しばらくしてひらめいた。

「あぁ、今日って……」

ズゥゥゥン……

最近は驚きもしなくなった地響きに、家屋が揺れる。

そういえば今日はノアだけでなく、ベリルもアルプも留守にしていた。リコリスは急《せ》いた心地で扉を開く。

「ただいま帰りました、リコリス」

ノアが輝かんばかりの笑みで、いつもの挨拶《あいさつ》を口にする。

「久しぶりに会えたな、リコリス」

使い魔の隣にはゼルクトラが立っていた。

珍しく満面の笑みを浮かべていて可愛らしさに胸が疼《うず》くけれど、そこまではまだいい。

「やぁ、リコリス。イェールガ公国で別れて以来だね」

「お邪魔するわよ。相変わらず辛気臭い場所で、間抜けな顔をさらしているのね。間抜けな表情をしているというより、元々の顔の造作なのかしら？」

ベリルの背中から顔を出した二人に、リコリスは開いた口が塞《ふさ》がらなかった。

なぜかそこには、レナルドとラナンキュラスがいたのだ。

レナルドは今日も王子様然としているし、ラナンキュラスも変わらぬ毒舌を披露している。本当にわけの分からない面々が揃い踏みだった。

「ちょっと、ノア達はともかく、何であんた達まで……!?」

『リコリス、まずかっただろうか。自称使い魔に連れてくるよう指示されたのだが』

『ごめん。怖そうな魔女の姉ちゃんもその場にいて、強引についてきちゃったんだ……』

申し訳なさそうに謝罪したのはベリルとアルプだ。妖精《ようせい》達の方が良識を備えているなんて、世の中は絶対に間違っている。

可愛い彼らを前にすれば、リコリスは怒るに怒れなくなってしまった。

「と、というかラナンキュラスは、レナルドを利用して裏切ったんじゃなかった？　何で当然のように一緒にいるのよ？」

確執が残っているどころか、ラナンキュラスは間髪を容《い》れずに答えた。

「むしろ離れてどうするのよ、レナルド様のご尊顔が至上である事実は変わりないのに」

「——あぁ、またもや利害関係が一致しちゃったのね……」

確かに彼女の美しさへの執着は本物だった。

そしてレナルドも、再び利用できるならと笑顔で和解を受け入れたのだろう。需要と供給が成り立っているから問題ないらしい。

遠い目になったリコリスだったが、突然視界に鮮やかな色が飛び込んでくる。

ノアやゼルクトラ、それにベリルの背中から降り注ぐのは、色とりどりの花びら。

赤や黄色、白に紫に橙《だいだい》が、青空に映えてひらひらと舞っている。リコリスは目を丸くしながらそれを全身に浴びた。

「誕生日おめでとう、リコリス！」

そう。忙《せわ》しない日々にすっかり記憶の彼方《かなた》へと追いやられていたが、今日はリコリスの誕生日だったのだ。

ディルストが置いていった小箱も、今日のために用意された贈りものだろう。

「あ、ありがとう……」

戸惑いつつも感謝を告げると、じわじわ胸の奥が熱くなってくる。

ノア達はともかく、レナルドやラナンキュラスまで花弁を集めてくれたのだと思えば、無闇に感動してしまう。冬のこの時期、花を探すだけでも苦労しただろうに。

リコリスは完全に絆《ほだ》されて、全員を家に招き入れた。

「まぁ……今日は無礼講ってことでいいわ。みんな上がってちょうだい」

「これくらいのことで甘さを見せるから、獰猛《どうもう》な猛禽《もうきん》共にたかられるんですよ……」

真っ先にキッチンへと向かった使い魔がそっと呟《つぶや》く。

とはいえノアには、たかっている者達の筆頭という自覚があるので、これ以上の助言は差し控えることにした。

そうして、有能な使い魔はあっという間に食事を準備していく。

鶏肉《とりにく》の赤ワイン蒸しと、塩漬けにした豚肉とジャガイモの具だくさんスープ。クリームで煮込んだ白身魚とパンを、たっぷりのチーズをかけてからオーブンで焼き上げたもの。

リコリスの好きなプレッツェルとエールの組み合わせも忘れられていない。

「もしかして、最近ちょっと手抜きだったのは、今日のごちそうのため……？」

「リコリスが『死の森』を元の大きさに戻すまでグダグダしていなければ、あそこまで節約することもなかったのですけどね」

「人の感傷をグダグダで一蹴《いっしゅう》するのはどうかと思うけど、ありがとう……」

冬は保存食ばかりになりがちなので、ノアがどれほど苦心して食材を揃えてくれたのかが分かる。煮リンゴのケーキまであるのだ。

「今日が誕生日だなんてすっかり忘れてたから、私何も用意してないわ。こんなに祝ってもらってるのに……」

「リコリスはとても頑張りましたから、今日くらいもてなされていればいいんですよ」

「ノア……」

『死の森』を元に戻した手段に関しては、誰にも詳細を話していない。

何を犠牲にして、どのような苦痛を味わったのか。それは他者に聞かせるようなものではなく、リコリスは自身の中で折り合いをつけねばならないと思っていた。ベリルとアルプを抱き締めて大号泣した日から、リコリスは一度も泣いていない。

それでもこの使い魔は、何もかもを理解した上でただ寄り添ってくれるのだ。

リコリスは子どもの頃のように、ノアにギュッと抱き付いた。

「あんたってやっぱり、最高の使い魔よ！」

「やめてくださいよ、お客様方が見ている前で」

「何よ、二人きりの時ならいいわけ？」

「それをこの場でお答えすることはできません。これ以上お客様方を殺気立たせては申し訳ありませんから」

無理やり引き剝《は》がされたので不満げに他の面々を振り返るけれど、誰もが普段の様子と変わらずにいる。無邪気に凝視するゼルクトラに対し、ラナンキュラスなど一切の興味もなさそうに天井から吊《つ》るされた薬草を観察していた。

微笑みながらリコリスを見つめていたレナルドが、あくまで穏やかに口を開いた。

「そんなことよりも、リコリス。春先の叙爵式を終えたら、僕達は晴れてご近所だ。これからも末長くよろしくね」

「……ご近所？」

理解しがたい発言に思考を奪われ、リコリスはそのまま訊き返した。

彼はなぜかひどく嬉《うれ》しそうに、南の海のごとく鮮やかな青い瞳《ひとみ》を細める。

「陛下と行き違いになったから、話を聞いているかと思っていたけど。国を再び一つにするために尽力したとして、爵位を授かるんだよ。トラトアニ伯爵家は元々、多方面に領地が点在していてね。その内の一つが『死の森』と隣接しているんだ。僕はその領地を継いで、めでたく正式に子爵となる」

宿敵が隣人だなんて、ちっともめでたくない。

絶望が広がるリコリスの頭の中に、先ほどのディルストの表情が甦《よみがえ》る。同情の眼差しの理由が今さら判明した。

冗談ではないし、末長くよろしくできるはずもない。それでも誕生日を祝ってもらった手前、祝福の言葉を返すべきなのか。

究極の選択を迫られ頭が痛くなってくる。

現実逃避しかけるリコリスの気を引くよう、ゼルクトラが肩を叩《たた》いた。

「そういえば、神話の魔女という異名を聞いた」

衝撃を受けている最中だというのに、彼は他意なくさらなる追い打ちをかけるのだ。

リコリスは震えを堪《こら》えて問い返した。

「……何なの？　あんたまで私をいじろうとしてるの？」

「いや、いい二つ名だと思うし、離れている間の出来事を話したいだけなのだが……」

ゼルクトラはリコリスを見つめていたかと思うと、ふと相好を崩した。

「だが、離れている時が長かったからこそ、しみじみと実感した。リコリスと過ごす時間は、俺にとってこんなにも日々の彩りとなっていたのだな」

「――っ！」

またもや、不意を突いてのあざとい発言。

ベリルやアルプにするように愛《め》でたくて仕方がなかった。なぜリコリスは、彼にばかりときめきを感じるのだろう……。

「——というか、狭い」

突如毒づいたのはラナンキュラスだ。

椅子の数も四脚しかないため、苛立《いらだ》ちも露《あら》わに足を鳴らしている。

「狭すぎるわ。客人を招ける広さじゃないのよ」

「そっちが勝手に来たのに図々《ずうずう》しいわね。仕方ないでしょ、この家にこんなに多人数が集まる予定なんて……」

リコリスは改めて周囲を見回し、ふと口を噤《つぐ》んだ。

ノアにゼルクトラ、レナルドにラナンキュラス。それに部屋の隅でこっそり酒を飲みはじめているベリルと、その隣でつまみのチーズをかじるアルプ。

こんなことはあり得ないと思っていた。

一人と使い魔だけで森に籠《こ》もり、ひっそりと生涯を終える。忌み嫌われ、社会の陰に身を潜めながら生きる魔女にとって、それは当たり前の最期だった。

椅子が足りないほど大勢が押しかけて、狭くて、騒がしくて。

住み慣れた棲家《すみか》のはずがまるで別世界のよう。

感動が押し寄せ、リコリスは高鳴る胸を押さえた。

祖母が今の状況を見ていたら、何と言うだろう？

あの柔らかな笑みを見せてくれるだろうか——。

黙り込んだリコリスなど一顧だにせず、ラナンキュラスが手を叩いた。

「こうなったら、庭に移動しましょうか。テーブルセットはコールが転移で運んでくれるし、空間を切り離せば寒さだって気にならなくなるわ。足りない椅子も持ってこさせる」

「なるほど、それは素晴らしい提案だね」

「ラナンキュラスの使い魔は、やはり有能だな」

ぐいぐいその場を仕切りだした彼女に、賛同の声が相次ぐ。

悔しいが、やはりリコリスも羨《うらや》ましいという感情の方が強い。以前から使い魔の黒蛇を羨望《せんぼう》の眼差《まなざ》しで見つめていたというのに、これではもはや勝ち目がない。

「今何をお考えですか、リコリス？」

音もなく真横に佇《たたず》んでいたのは、リコリスの使い魔であるノアだった。頭の中が読まれているのかと思うほど不穏な気配を発している。

「ち、違うのよノア。私は別に何も比べてなんか……」

しどろもどろで取り繕う間にも、ゼルクトラ達はぞろぞろと移動をはじめていた。誰も助けてくれない。

リコリスは冷や汗をかきながら、愛想笑いを浮かべてノアの背中を押した。

「ほらほら、私達だけ置いて行かれちゃうわよ……」

外へと踏み出しかけたリコリスの耳の奥、不意に懐かしい声が響く。

『善き魔女におなり、リコリス――……』

慌てて背後を振り返るも、そこに求める姿はない。

気配すら、寂しいほどに。

「リコリス？」

使い魔に呼ばれて外を見れば、青い空はあの日と同じように高く澄んでいた。

ひどく眩《まぶ》しくて、リコリスはぐっと目を細める。

不覚にもにじんだ涙をさりげなく拭《ぬぐ》ってから、また歩き出す。

笑って、騒がしくも頼もしい、大切な人達の許《もと》へ。

あとがき

はじめまして、あるいはいつもありがとうございます。浅名《あさな》ゆうなと申します。

このたびは『死の森の魔女は愛を知らない』の第三巻をお手に取っていただき、本当にありがとうございます。

作家デビューをさせていただいてから五年ほど経《た》ちますが、同シリーズ三巻を出すことができたのはこれが初めて……未《いま》だに夢のようです！　全て、この物語を応援してくださった方々のおかげです！

新作のプロットに悩み抜いた結果、ただ性癖に素直なものをと生まれたのがこの作品。子どもの頃から童話の妖しげな魔女が好きで、繰り出される不思議な魔法に心惹《ひ》かれておりました。

そこに個性的な人々を絡ませれば（具体的に言うとヤンデレ）どうなるのかなとうっかり出来心で……おかげでリコリスは何度も苦労する羽目になりましたが、後悔はありません。周囲に振り回されつつそれ以上に振り回す、愛すべき酒飲みが誕生しました！

今回、一巻から謎とされていたことがついに解き明かされます。

未熟なリコリスも少しは成長できているのではないでしょうか。

映画や漫画の大団円をイメージして書き上げたので、直後は満足感と寂しさでいっぱいになりました……が、彼らの人生がここで途切れるわけではないので、またひっそりと引き籠もりらしく出没するかもしれません。

その時は、これ以上リコリスの負担になるような仲間が増えていないことを祈ります。


ここからは謝辞となります。

いつでもどこでもお世話になっているといっても過言ではない、担当編集様。今回はパソコン買い替えの相談にまで乗ってくださって、本当にお世話になりました。約二十年ものの相棒と良《い》いお別れができたのも、担当編集様のご助言があってこそです。

表紙イラストを飾ってくださる、あき先生。お忙しい中で、多くの人の目に留まる美しく鮮烈な表紙を描いてくださりありがとうございます。

そして、たくさんの誤字脱字を完璧に拾ってくださる校正様。

毎回素敵な装丁に仕上げてくださるカバーデザイン担当様。

印刷所の方々、各書店様。

この本の出版、販売に携わってくださった全ての方々に、心から感謝いたします。
何より、読者の皆さまにいつだって最大級の感謝を！
本当に本当に、ありがとうございました！

浅名ゆうな

富士見L文庫

死《し》の森《もり》の魔女《まじょ》は愛《あい》を知《し》らない　3

浅名《あさな》ゆうな

2022年5月15日　初版発行

発行者　青柳昌行
発　行　株式会社 KADOKAWA
〒102-8177　東京都千代田区富士見2-13-3
電話　0570-002-301（ナビダイヤル）

印刷所　株式会社暁印刷
製本所　本間製本株式会社
装丁者　西村弘美

定価はカバーに表示してあります。

●お問い合わせ
https://www.kadokawa.co.jp/（「お問い合わせ」へお進みください）
※内容によっては、お答えできない場合があります。
※サポートは日本国内のみとさせていただきます。
※Japanese text only

ISBN 978-4-04-074537-4 C0193